COL

Michel Déon
de l'Académie française

À la légère

Gallimard

Michel Déon est né à Paris en 1919. Après avoir longtemps séjourné en Grèce, il vit en Irlande.

Il a reçu le prix Interallié en 1970 pour *Les poneys sauvages* et le Grand Prix du roman de l'Académie française en 1973 pour *Un taxi mauve*. Il a publié entre autres *Le jeune homme vert, Les vingt ans du jeune homme vert, Un déjeuner de soleil, « Je vous écris d'Italie... », La montée du soir, Je ne veux jamais l'oublier, Un souvenir, La cour des grands, Lettres de château*, des recueils de nouvelles, *Nouvelles complètes*, fait jouer deux pièces de théâtre, *Ma vie n'est plus un roman* et *Ariane ou l'oubli*, rassemblé quelques souvenirs dans *Pages grecques, Pages françaises, Je me suis beaucoup promené..., Cavalier, passe ton chemin !*. Il est membre de l'Académie française depuis 1978.

La trouble-fête

La fenêtre du bureau ouvrait sur le Quai d'Orsay. Sans bouger de son fauteuil, Tristan comptait les saisons égrenées par les platanes. Ne les eût-il pas regardés que d'autres signes lui auraient rappelé la fuite du temps. Il avait maintenant trente-cinq ans, l'âge ingrat des adultes. La métamorphose d'un homme jeune en un homme mûr ne se fait pas sans quelques grincements : cheveux gris aux tempes, légers ennuis de santé pendant l'hiver, agacement de revoir toujours les mêmes têtes. Une carrière maladroitement conduite le clouait huit heures par jour dans ce bureau. Dépourvu d'ambitions, il laissait à de plus avides les séjours à l'étranger pour les conférences internationales, les consulats dont rêvent les jeunes diplomates : La Plata, Miami, Bahia ou Ceylan. Il n'avait que trop voyagé entre vingt et vingt-cinq ans. De nouveaux excès décoloreraient ses souvenirs. Le vendredi soir,

Tristan disparaissait. En deux heures de voiture, il gagnait le castelet où sa mère continuait de sauvegarder les traditions. Les samedis et dimanches matin, il montait un assez bel alezan qui le conduisait dans la forêt où il se remplissait les poumons d'air pur. L'après-midi, sa mère exigeait qu'il lui fît la lecture. Le soir, il s'enivrait seul dans sa chambre. Tous les lundis, à onze heures, il arrivait directement au Quai, saluait l'huissier, refusait d'un geste l'ascenseur et grimpait en courant les deux étages pour arriver essoufflé dans son bureau. De semaine en semaine, il guettait la progression de cet essoufflement. Tristan fumait et buvait trop.

Rosalie, sa plus tendre amie d'enfance, s'était mariée. Depuis six mois qu'elle était enceinte, il refusait de la voir. Mieux vaut tuer ses idoles que les laisser ternir. Il n'avait non plus jamais rien fait pour revoir une fausse Princesse qui, dans son extrême jeunesse, l'avait merveilleusement fait rêver. Il chérissait bien plus l'image d'une belle championne de natation dont, durant trois mois, il avait suivi les compétitions dans toute l'Europe. La vie de bohème est riche en miracles. La vie d'un jeune homme fort à l'aise et même bien classé au Concours, mais déçu dans son cœur, ressemble étrangement à une poche sans fond. Tout passe au travers. Seul son nom le préservait de l'insolence et du mépris de ses supérieurs. Il se trouvait même, de temps à autre, un ministre un peu snob qui s'étonnait que l'arrière-petit-fils d'un Maréchal de France, le cousin d'un Duc, le descendant, par la main gauche, d'un frère du Roi, fût employé au service du chiffre et non à quelque poste avantageux.

Tristan était alors invité à dîner par le Ministre. Il s'arrangeait pour ne pas dire plus de trois mots de la soirée. On le prenait pour un imbécile décoratif et, le lendemain, il retrouvait son bureau, sa secrétaire – une vieille fille, Mlle Point –, et, découpé par la fenêtre, le tableau d'un Paris où s'entrecroisent des platanes, la Seine, un pont, l'obélisque de la Concorde et les toits du Ministère de la Marine. De dix heures à une heure, de quatre heures à sept heures. Mlle Point ne logeait pas dans son bureau, mais dans un cagibi voisin séparé par une mince cloison à travers laquelle passaient même les voix les plus sourdes. À midi et à six heures, elle partait régulièrement sans le prévenir. Tristan attendait ces deux heures de silence dans la journée pour téléphoner à ses amies de cœur.

Ce n'était pas vice chez lui mais conservatisme. N'aimant pas les liaisons qui finissent par une brouille, il prenait soin de les laisser mourir d'elles-mêmes. Les femmes lui étaient reconnaissantes de ce lent passage de l'amour à une amitié flatteuse. Avec un naturel parfait, elles continuaient, à ce deuxième stade de leurs relations, de lui accorder, sans la moindre arrière-pensée, des faveurs que, estimaient-elles, ne gâtait plus le remords de tromper leur mari ou le sentiment dégradant de se donner à un homme qui ne les épouserait jamais. Tristan consacrait beaucoup de temps à cette stratégie de l'amitié amoureuse, sans réussir à se faire comprendre chaque fois. Cependant, ses échecs mêmes le rassuraient : seuls quelques êtres de qualité se révélaient capables de saisir les nuances qu'il leur imposait. Les autres n'avaient rien à faire dans sa vie.

Seulement ce genre de liaison exige tout de même des soins constants, un entretien discret. Il est aussi mauvais de trop se voir que de s'ignorer pendant quinze jours. Autour de ses amies de cœur, Tristan avait organisé un réseau d'appels téléphoniques, de lettres portées à domicile, d'envois de fleurs qui maintenaient constante la température. Rater sa carrière de fonctionnaire diplomatique n'est pas grand-chose si l'on réussit à faire de sa vie intime un petit chef-d'œuvre d'indépendance et de netteté. Tristan avait, par moments, le sentiment grisant d'y parvenir bien qu'il ne sût pas assez tricher pour appeler « bonheur » cet état d'équilibre. En outre, il ne lui déplaisait pas de passer pour un terne collègue auprès des autres fonctionnaires, et, au contraire, d'être tenu pour un merveilleux ami par quelques femmes. Le jugement des uns balançait heureusement le jugement des autres.

La plus ancienne amie de Tristan était Solange de G..., son aînée de quelques années. Il aimait volontiers lui dire qu'elle était aussi la plus lucide et la plus secrète. Alors qu'avec les autres, il ne craignait pas de s'afficher, avec Solange de G..., leurs relations restaient absolument ignorées de tout le monde. Paris était assez grand pour qu'ils ne fussent que rarement invités ensemble. Si c'était à un dîner, ils affectaient l'un à l'égard de l'autre une attention courtoise qui trompait les plus fins observateurs. Une fois par an, Mme de G... donnait une garden-party dans sa propriété de Barbizon. Tristan y était invité avec trois cents autres personnes. Il y venait, en général, avec Évelyne B... que son mari n'accompagnait pas sous prétexte que l'herbe verte le faisait éternuer.

Il n'allait jamais chez Solange de G... à Paris. C'est elle qui venait chez lui pour faire l'amour ou l'emmener dans un des petits restaurants qu'ils affectionnaient. Ces précautions avaient été de rigueur au début de leur liaison, M. de G… passant pour un homme peu partageux. Ils trouvaient un si vif goût à se dissimuler que M. de G… ayant rendu à Dieu son âme avaricieuse depuis dix ans, ils continuaient de se voir avec la même discrétion. Cette connivence donnait à leurs ébats l'attrait des plaisirs défendus.

En 195…, le 16 février fut un lundi. Tristan revenait de chez sa mère quand il lut cette date fatidique sur le calendrier de sa table. Le 16 annonçait toujours dans sa vie des événements majeurs : naissance, mort de son père, rencontre de la Princesse, jambe cassée aux sports d'hiver. Une longue suite d'événements avait fini par attirer son attention sur ce jour de l'année, un jour plutôt neutre pour le reste des humains. En cherchant bien dans l'Histoire, il ne s'était pas gagné de grande bataille un 16 février, aucun roi n'était né, aucun régime n'avait surgi des ruines d'une révolution. Le 16 février n'était que le jour où le destin s'occupait un peu de Tristan pour le tracasser ou le combler.

À midi cinq, il appela Loretta, une jeune théâtreuse. Elle n'était pas libre. Évelyne non plus. Marie-Jeanne encore moins, son régulier arrivant du Pérou dans la soirée. Restait l'éternelle Solange de G… Il craignait son ironie. Seule à connaître son appréhension, avec une douce obstination, elle attribuait au hasard ce que Tristan voulait être un signe du Destin rarement bavard. Il quittait son bureau lorsque ce fut elle qui téléphona. Elle désirait un renseignement qui ne pouvait se trouver que dans les archives du Ministère des Affaires Étrangères. Son grand-père était-il ambassadeur à Rome en 1890 ou en 1905 ? Elle avait engagé avec un de ses cousins un pari sur ce sujet délicat. Il pourrait lui donner la réponse en dînant avec elle ce soir. Comme d'habitude, elle passerait le prendre rue de Bellechasse à sept heures et demie. Tristan promit de s'informer et acquiesça pour le rendez-vous. Un code dont ils n'avaient pas convenu, mais que l'usage révélait infaillible, voulait qu'en s'annonçant à sept heures et demie, Solange signifiât son intention de faire l'amour avant d'aller dîner. Une heure plus tard impliquait, au contraire, qu'elle ne recherchait ce soir-là aucun hommage. Tristan se montrait docile. Depuis quelques années, Solange ne lui inspirait plus de brûlantes envies. Il aimait encore leur plaisir, mais s'arrangeait assez bien de n'avoir pas à en décider.

Il déjeuna seul, passa un moment à l'Orangerie et regagna le Ministère. Le ciel gris-jaune menaçait de fondre en neige sur un Paris transi.

Mlle Point s'étonna de le voir arriver une demi-heure plus tôt que de coutume. Par le téléphone intérieur, il appela les archives. Une voix féminine inconnue lui répondit avec des intonations rauques. Tristan dit qu'il recherchait les annuaires diplomatiques des années 1890 et 1905. On promit de les faire porter dans un instant.

Un quart d'heure ne s'était pas écoulé que l'on frappait à sa porte. Il attendait un planton. Ce fut une jeune fille manifestement en deuil. Elle tenait les deux annuaires sous le bras. Tristan se leva et s'approcha. Quand elle parla, il reconnut la voix rauque du téléphone, une voix qui ne correspondait pas au physique effacé, à la robe noire sans parure, aux souliers à barrettes, aux cheveux blonds modestement ramenés en chignon sur la nuque. S'emparant des volumes, il les posa sur sa table et invita la jeune fille à s'asseoir. Il en avait pour deux minutes. Elle choisit le fauteuil en face de lui et il feuilleta le premier annuaire. Rien en 1890. Il ouvrit le second tome et chercha d'abord à la mauvaise lettre, ensuite à un faux chapitre. Sans savoir pourquoi, il désirait faire durer cette attente. La jeune fille ne bougeait pas. Tristan releva la tête. Elle regardait, par la fenêtre, la chute des premiers flocons de neige. Son visage était nu, sans apprêt, avec des lèvres d'un admirable dessin, des yeux gris qui remontaient légèrement vers les tempes. Assise, elle croisait les jambes et le rebord du fauteuil tirait en arrière le bas de sa robe de laine, découvrant le genou très lisse, le bas noir qui coupait la chair de la cuisse et, très loin, l'amorce d'un linge blanc. Il rebaissa les yeux et, du doigt, suivit sur une page la liste des noms. Deux fois, il sauta celui du grand-père de Solange. Du sang battait à ses tempes. Il éprouvait une curieuse sensation d'engourdissement. De nouveau, il l'épia : les jambes, le visage, puis encore les jambes. Enfin, il trouva le nom et la date de nomination qu'il écrivit d'une écriture tremblée sur son calepin. Comme il refermait le livre, la jeune fille tourna la tête et il reçut en plein dans les yeux le choc d'un regard tranquille. Déjà, elle se levait et reprenait les annuaires.

— La neige est sale, toute grise, dit-elle.

La voix trahissait une brisure et comme la présence d'une deuxième personne au-delà de celle qui était bêtement là, droite dans sa robe pauvre. Tristan la remercia et lui ouvrit la porte. Il avait hâte de la voir partir. Il détestait les êtres qui ne s'expliquent pas.

Mlle Point arrivait. Elle sourit à la jeune fille qui s'en allait, entra dans le bureau et posa le courrier sur la table. De sa voix aiguë – les voix aiguës sont rassurantes ! –, elle répondit que la jeune fille s'appelait Charpentier, Geneviève Charpentier. Elle remplaçait le chartiste, Jean Dumont, depuis un mois. Tristan se retrouva seul. Le coussin du fauteuil portait encore la marque de la visiteuse. Il y passa la main et s'assit à son tour. Pendant qu'il feuilletait l'annuaire, elle avait contemplé fixement les platanes décharnés du quai et l'arche du pont Alexandre III. Si l'on pouvait savoir exactement ce qu'elle regardait, si l'on pouvait, en fermant les yeux, la revoir exactement assise comme elle était, aucun indice ne permettait de retrouver les pensées fugitives qui la traversaient à ce moment-là.

Le téléphone sonna et Tristan tendit une main lasse, puis une oreille distraite. L'après-midi commençait. Il la bâclerait.

*

À sept heures la neige tombait encore. Avec leurs yeux jaunes et globuleux, les voitures roulaient lentement dans la gadoue des rues. Tristan put se garer juste devant la porte de son immeuble. Il connaissait trop le dégoût de Solange pour la marche à pied. La domestique avait préparé un feu de bois qu'une allumette enflamma. Il éteignit les lumières et la pièce ne fut plus éclairée que par la danse des flammes. Mme de G… était toujours exacte et s'annonçait par deux coups de sonnette impérieux.

— En descendant du taxi, j'ai mis les pieds dans la neige, dit-elle. Je suis trempée. Votre concierge me déteste.

Elle voulut s'asseoir à même la moquette, devant la cheminée, pour retirer ses escarpins et tendre ses jambes au feu.

— Avez-vous mon renseignement ?

Elle perdait son pari. Tristan pensa qu'elle avait des pieds exquis et que, depuis elle, il exigeait ce détail supplémentaire de ses amies. Solange lui avait appris bien d'autres choses encore. Quand il la rencontrait devant des tiers, il s'étonnait de ne plus rien reconnaître d'elle. Son langage, sa réserve, sa pudeur officiels étaient mensonges. Il n'était pas près d'oublier le soir où, tout au début de leur liaison, elle était arrivée enveloppée d'un épais manteau de fourrure. Il avait dû insister longuement pour qu'elle s'en défît. Elle était nue en dessous, avec seulement ses bas et des jarretelles. Mais le temps de ces provocations était passé. Ils se méfiaient trop tous deux de leur ironie pour oser ce qu'ils avaient osé.

— Savez-vous, cher Tristan, combien de fois j'ai joui dans vos bras ?

Non, il ne savait pas. Il ne tenait pas ces sortes de comptes dont le relevé risque d'être déprimant. Solange recherchait la perversité par des détours étranges. Il la soupçonnait fort de tenir un journal.

— Trois cent soixante-quatre fois exactement, dit-elle. Encore une et nous aurons une année complète. Mes pieds sont secs. Votre main ? Merci.

Elle se planta devant Tristan qui lui baisa les yeux.

— C'est doux, dit-elle. Vous êtes un parfait amant. Il m'est venu à l'idée, aujourd'hui, que j'en désirerais un moins parfait. Je veux dire un amant jaloux, avec des colères, de brusques envies. Croyez-vous qu'il soit encore temps ? J'aurai quarante et un ans au mois de décembre. Oui, Tristan, je vieillis très vite, c'est ennuyeux.

La prenant par l'épaule, il la fit pivoter et, sans hâte, commença de déboutonner la robe grise.

— Je me dis, continua-t-elle, que vous faites l'amour avec moi parce que je vous le demande. Vous seriez aussi bien aise de vous en passer. Non, là c'est une agrafe. Je me creuse la tête pour inventer du nouveau. Avant-hier, je pensais me faire tatouer. Que diriez-vous d'un papillon sur la cuisse ? Je connais une Italienne qui s'est fait tatouer sur le ventre le prénom de son amant... Elle ne peut plus en changer. C'est une idiote. Ne laissez pas ma jupe par terre. Elle sera toute chiffonnée. Hier, il m'est venu une bien meilleure idée que les tatouages, mais je ne vous la raconterai pas. C'est un peu intellectuel. Tant pis. Je connais assez vos réflexes pour savoir que vous tomberez dans le panneau. Le plus curieux est que cela se corse d'une bonne action. Attention, ne déchirez pas mon bas. Où est mon verre ? Ah ! sur la cheminée. Passez-le moi. Je déferai seule ma ceinture. Vous ne vous doutez pas de ce qu'il faut subir pour garder un corps présentable à quarante ans : massage, régime, douches froides, culture physique. C'est fou ! Non ! Attendez ! Pas comme ça ! Me trouvez-vous mieux qu'Évelyne ? Je vous pose des questions stupides auxquelles vous refusez toujours de répondre. Est-ce au moins vrai que vous ne racontez tout qu'à moi ? Évelyne ne sait rien ? On dit que son mari est pédéraste. Merci. J'ai froid. Rajoutez une bûche et activez le feu. Votre lit est glacé. Vous direz à l'idiote qui fait votre ménage qu'on ne cache pas le pyjama sous le traversin. C'est d'un commun ! Ce que vous êtes long ! Je voudrais pour cette trois cent soixante-cinquième fois que nous fassions l'amour très bourgeoisement. Tiens, vous portez des gilets de corps maintenant ! Nu, éclairé par les flammes rouges du feu, vous avez l'air d'un diable. Venez, vous me faites peur ainsi. Oh Tristan vous avez à peine envie de moi… Approchez-vous. C'est le moment où si je ne me retenais pas, je vous dirais que je vous aime… Ne riez pas. Je parle, je parle… pour tromper le désir que j'ai de vous. Prenez-moi doucement. Maintenant, je vais me taire et n'écouter plus que votre souffle. Un souffle d'homme qui caresse mon cou. Voilà, je sens les vagues qui montent. Que ce plaisir est doux…

*

Tristan retrouva le feu éteint, le lit défait. Rien ne le désespérait plus que ces retours dans la nuit après avoir ramené Solange chez elle. Il lui venait comme un goût de mort dans la bouche, une désespérance atroce. L'amour au lit n'était plus qu'un futile défi. Loin d'en sortir triomphant, il se sentait amer et vaincu. Une nuit, pourtant, suffisait à effacer ces ombres auxquelles il ne fallait rien permettre.

Tristan se servit à boire, ralluma du feu, prit deux coussins et s'allongea devant la cheminée. Il ne coucherait pas dans le lit où Solange avait laissé de son parfum et, sur l'oreiller, une trace de rouge à lèvres. Elle avait été flattée qu'il eût arrondi le chiffre à la valeur d'une année bissextile. Après quoi, ils étaient allés dîner dans un estaminet de la rive gauche. Une fois apaisée, Solange changeait de ton avec lui. Sa voix devenait plus grave. Elle ne s'écoutait plus autant parler. Ce soir, elle l'avait trouvé maussade, sans curiosité. Elle ne se trompait pas. Tristan ruminait une étrange découverte. Il avait honoré deux fois sa maîtresse, en interposant entre elle et lui l'image soudain ressurgie de Mlle Geneviève Charpentier assise de biais sur le fauteuil et regardant par la fenêtre tomber la neige.

Cette trahison inconsciente d'abord, consciente ensuite, l'intriguait. Il en voulait démêler les raisons qui le fuyaient. La jeune fille n'était restée que cinq minutes dans son bureau. Certes, il s'était senti happé par elle, mais ce n'avait été qu'une impression fugitive. À froid, il pouvait être aussi indifférent qu'elle l'avait été à son égard. Il essaya de se souvenir du visage et ne retrouva dans sa mémoire que les lèvres fort belles d'ailleurs et les yeux gris. Le reste existait-il ? Ce qui apparaissait nettement, au contraire, c'étaient la jambe, un peu de chair nue, le linge blanc. Ce corps paisible se prêterait-il admirablement au plaisir ? Une aura de plénitude s'en dégageait.

Elle ne s'en rendait probablement même pas compte. Un jour elle épouserait un maladroit qui ne saurait pas la sortir de son ignorance.

Tristan remplit de nouveau son verre et se coucha sur le dos. Le plafond dansait. Il croyait, maintenant, posséder une assez profonde connaissance des femmes. Il n'avait couru après elles que depuis le jour où la Princesse l'avait quitté pour un mystérieux départ qui ressemblait à son personnage tout en esquives, en fuite, en refus de soi. Depuis, il cherchait en vain. À trente-cinq ans, il en était réduit à disséquer ses désirs, ses intentions, ses amitiés, jamais de passion. L'amour physique et les confidences des femmes lui tenaient lieu de vie intérieure. Il ne multipliait ses maîtresses que pour rencontrer, dispersées dans chacune, quelques-uns de ces diamants dont il avait imaginé que le cœur de la Princesse était rempli. Solange l'amusait, Loretta le flattait, Évelyne l'attendrissait, Marie-Jeanne était toujours imprévue. Deux jours par semaine, il leur échappait pour retrouver la chambre de son enfance, les solennités rassurantes de sa mère, le parc aux cèdres du castelet et les longues promenades à cheval dans la forêt. Deux jours sans elles, deux jours sans même penser à elles. Deux jours d'un admirable vide à marcher seul dans le désert, en attendant un signe. Était-il possible que rien ne vînt jamais briser le cercle désenchanté tracé autour de lui ?

Il repoussa son verre, tourna le dos au feu, s'enroula dans une couverture et tenta de dormir. Mais l'image de Geneviève était là.

*

Tristan réussit à ne pas y aller avant l'après-midi. Les archives se trouvaient au deuxième étage, sous les combles. Un jour discret éclairait la longue pièce où s'alignaient les rayons de livres et quelques tables de travail. Avant Geneviève, un jeune chartiste y travaillait à la lumière jaune d'une lampe de bureau à l'intérieur d'un box vitré. Dans la salle de lecture déserte, stagnait une âcre odeur de papier humide. Tristan aperçut la lueur jaune du box. Le parquet criait sous ses pas. Par une fenêtre mansardée, il jeta, au passage, un coup d'œil à l'esplanade des Invalides couverte de neige. Une porte battante vitrée fermait l'ancien isoloir du chartiste. Il la poussa. Geneviève lisait. Elle n'esquissa même pas un sourire. Le reconnaissait-elle ? Il ne trouvait pas sa voix. Il entendait, comme au creux d'une caverne, des paroles qui ne venaient pas, qui ne pouvaient pas venir de lui. S'il en reconnaissait le sens, c'était par un extrême effort de la mémoire qui l'angoissa :

— Pardon ? dit-elle. Pardon, je n'ai pas compris.

Un léger effarement se peignait sur le visage de la jeune fille et Tristan comprit qu'il venait de lui demander si elle ne portait pas une culotte blanche. Il posa sa main à plat sur le bureau. Le contact du bois lui rendit conscience. Il retrouva une voix pour indiquer un livre. Geneviève se leva. Elle portait la même robe de laine noire que la veille.

— Pardon, dit-elle encore.

Il s'effaça. Il y avait à peine de place entre la table et la paroi vitrée. Leurs deux corps se frôlèrent face à face. Elle ne se parfumait pas, mais de sa peau émanait une douce et persistante odeur. Il la suivit qui marchait vers les rayonnages. Elle déplaça une échelle roulante, grimpa quelques barreaux et attrapa un livre. Tristan tendit le bras.

— Est-ce bien ça ?

Il l'ouvrit. Ses mains tremblaient. Les lignes dansaient devant ses yeux. En relevant la tête, il rencontra le regard de la jeune fille. Toujours ce regard paisible. Un pied plus haut que l'autre sur l'échelle, Geneviève découvrait son genou gauche, sous le nylon noir tendu. Ils étaient là, environnés de silence, incapables de se parler, soudain engourdis. Une porte grinça et les tira de ce muet échange. Un petit homme entrait, posait son parapluie, retirait avec de grands efforts les caoutchoucs de ses chaussures. Elle descendit si maladroitement de l'échelle qu'elle découvrit plus haut encore sa cuisse et Tristan aperçut ce qui l'avait si fort troublé la veille : l'ourlet d'une culotte de jersey blanc.

C'est avec impatience qu'il attendit le départ de Mlle Point pour téléphoner à Évelyne et lui rappeler qu'ils avaient rendez-vous le soir. Quand il quitta le Ministère, la neige avait cessé. Il faisait presque doux. Tristan passa chez un fleuriste. Évelyne aimait les roses. Il en prit deux douzaines que, chez lui, il disposa dans un vase, s'impatientant tout seul de ces soucis ménagers. Évelyne valait bien cet effort et d'ailleurs l'exigeait. Il alluma le feu de bois, prépara des boissons et attendit. Elle arriva comme une furie. Attendue depuis des années, la scène avait éclaté entre son mari et elle l'après-midi. La scène, la grande scène. Ce Bernard avait eu son visage des mauvais jours : celui de l'ambition refoulée, de la jalousie feinte, des beaux principes. Enfin, il était au courant de tout et il ne tolérerait rien d'autant plus que le matin même, le Journal officiel publiait sa nomination dans l'ordre de la Légion d'honneur. Patient devant les larmes d'Évelyne, Tristan s'efforçait de démêler vérités et mensonges. Il n'avait jamais pris ce Bernard pour un naïf et s'étonnait de cette soudaine révolte. La Légion d'honneur n'expliquant pas tout, il flairait sous cette orageuse explication entre Évelyne et son mari quelque chausse-trappe. De voir un beau visage ruisselant l'émouvait. Il la prit dans ses bras et l'y maintint jusqu'à ce que les sanglots fussent calmés. Évelyne avait permission de minuit pour rompre avec son amant. Son amant ? Tristan trouvait le mot exact mais à un détail près, un détail d'importance…

Il disposa quelques coussins par terre et ranima le feu pendant qu'Évelyne, mouchée, cherchait dans le réfrigérateur les éléments d'un dîner improvisé. Elle revint avec un plateau et, une fois de plus, il admira l'équilibre dans lequel vivait cette charmante et insignifiante créature. Elle avançait un pied devant l'autre, acrobate et funambule. De face, elle avait la minceur d'un profil. Accroupis, ils goûtèrent au jambon et aux fruits crus, burent tristement un peu de champagne. Depuis leur première rencontre, ils s'étaient à peine cachés. L'idée que pour se revoir ils allaient maintenant devoir ruser les troublait autant l'un que l'autre, comme tous ceux qui ne s'aiment pas assez pour affronter ce genre de dissimulations et de périls.

Ils finirent par s'allonger côte à côte sur les coussins, se tenant par la main. Ils n'étaient pas pressés. Tout ce qui devait arriver, arriverait fatalement. À se désirer ainsi, ils laissaient gonfler en eux le plaisir. Ce fut elle qui glissa la tête sur la poitrine de son amant, déboutonna la chemise et baisa de ses lèvres humides la chair cachée sous les poils sombres. Puis, elle écouta battre le cœur. Il lui sembla sourd et trop discret. Elle rêva un instant qu'ils allaient mourir ainsi, immobiles devant ce feu tremblant qui répandait dans la pièce une odeur de résine grillée. Tristan gardait les yeux fermés. Il aurait voulu allumer une cigarette, mais n'osait plus bouger. À un moment, il devina qu'elle se levait et se déshabillait au-dessus de lui. Rouvrant les yeux, il aperçut la silhouette de la jeune femme allongée de travers. Il ne distinguait, à contre-jour, que les épaules enfantines et les fruits à peine mûrs du torse. Elle dénoua ses cheveux qui tombèrent sur ses épaules, cachèrent sa nuque trop mince. Bientôt, il ne regarda plus que cette chevelure qui, à la lueur des flammes, prenait des teintes rousses et lui cachait la plus intime des caresses. Ainsi le voulaient leurs rites. Ils prenaient des plaisirs détachés. Tristan ne connaissait pas le secret de ce front têtu. L'aurait-il appris que cela n'eut probablement rien changé. D'expérience, il savait que les femmes n'offrent à leurs amants que ce que leurs maris leur ont appris. Même ainsi limité l'amour connaît mille extraordinaires fioritures et chacun des partenaires, à tour de rôle, y goûte l'ivresse solitaire. Souvent l'art, l'imagination et la tendresse s'en mêlent. C'est le paradis le moins artificiel. Tout l'amour peut éclore et se réfugier dans une bouche. Pourquoi fallut-il qu'à ce moment, Tristan crispé pour retarder le bonheur, revît le genou de Geneviève et l'ourlet de la culotte de jersey blanc ? Une terrible amertume lui serra la gorge. Quand le voile du plaisir se déchira, il se crut brisé, à jamais damné par ces images entreposées. Évelyne pleurait.

*

Dans un univers où tout avait été pourtant soigneusement réglé, où les heures mêmes n'avaient plus de fantaisie, où l'imagination ne trouvait plus à s'exercer qu'autour des mêmes thèmes, Mlle Geneviève Charpentier, orpheline et bibliothécaire, jouait les trouble-fête.

Le maillot

J'étais là depuis quatre ou cinq jours au moins quand le rideau se leva sur la scène d'un bain très matinal.

De ma chambre, la vue est un décor de théâtre, deux caps rocheux délimitent l'anse et ferment la plage de sable blanc. Derrière l'hôtel, la pinède isole du reste du monde, peut-être pas tout à fait, mais un peu.

Tous les soirs, Irène téléphonait de Paris pour annoncer qu'une angine de la vedette ou un caprice du producteur retardaient son arrivée. Je pourrais détester son métier d'assistante de metteur en scène qui ne la laisse jamais vraiment libre, mais je sais aussi que la médaille a son endroit, qu'une femme qui travaille beaucoup ne nous accable pas de son amour, de ses jalousies. À la vérité, souvent séparés l'un de l'autre, restant presque toujours sur notre faim, nous nous entendons à merveille.

Ce retard n'en gâchait pas moins le début d'un été que nous nous étions juré de passer au calme, elle loin du cinéma, moi loin des journaux. Est-il besoin de dire que nous nous aimions mieux qu'un peu ? La preuve en est qu'après trois ans... d'affection... nous bâtissions de bourgeois projets d'avenir.

Dans cet hôtel nous n'étions qu'une dizaine de couples, dont une grand-mère et sa petite-fille, et moi vautré seul dans une chambre à deux lits, vivant de poisson frais, de langouste grillée, de fruits de la mer, travaillant, bien sûr, à une série d'articles. Pour s'agiter le soir, il suffit de traverser la pinède jusqu'à la route conduisant à un port de pêche où deux cafés à terrasse et un rustique dancing se chargent de représenter les temps modernes. Si j'avais été tenté d'y aller les premiers jours, cette envie passait. Le soleil emmagasiné dans la matinée, la pêche sous-marine, les délicieux dîners mijotés par le Sri-Lankais me métamorphosaient en lézard. Je lisais, dormais, cuisais dans ma peau. Les autres pensionnaires ne m'attiraient guère : des couples assez heureux, jeunes en général. Ma qualité de célibataire me valait de la part des maris une légère méfiance que je leur rendais volontiers. Restaient la grand-mère et sa petite-fille, deux créatures dissemblables au possible.

La grand-mère traînait sur la plage, jusqu'à son transat et son parasol, un corps accablé de bourrelets, mais pudiquement voilé par d'extravagantes robes à fleurs qui la couvraient jusqu'aux pieds. Sa petite-fille, au contraire, offrait le spectacle d'un corps si merveilleusement équilibré qu'au premier coup d'œil il faisait rêver. À quoi ? Ne me le demandez pas. Cette nymphe suivait sa grand-mère avec une docilité inattendue. On sentait la matrone prête à aboyer dès qu'un homme s'approchait. Tous les pensionnaires savaient que la jeune fille se nommait Agnès. Beauté silencieuse, couchée sur le sable, elle restait pendant des heures d'une immobilité tombale sous le soleil brûlant. Sa peau prenait la couleur gourmande d'un pain d'épices. Les jeunes maris coulaient vers elle des regards rêveurs. La présence sur la plage de ce corps sauvagement gardé me donnait, je ne sais pourquoi, l'impression d'une bombe à retardement.

C'est seulement le quatrième ou le cinquième jour, je crois, que, réveillé par une aube plus claire que les autres – j'avais oublié de tirer les volets – le soleil ras du matin entrait dans la chambre. La veille, Irène avait téléphoné qu'elle n'arriverait sûrement pas avant la fin de la semaine. La mer était encore grise, la plage déserte. Non. Pas déserte. Debout, dans un peignoir orangé, une silhouette aux longs cheveux noirs dénoués dans le dos, tâtait du pied les vaguelettes roulant leur frange d'écume sur le sable. De dos, je ne fus pas d'abord certain que c'était Agnès, mais quand le peignoir tomba et qu'elle courut vers l'eau en trois bonds, je reconnus ses longues jambes brunes, ses belles épaules. Elle était nue. En quelques brasses, elle gagna le large. On n'apercevait plus que sa tête au ras de la mer quand elle disparut derrière les rochers du petit cap qui ferme notre plage sud.

Un quart d'heure après, elle réapparut, se laissant déposer par une vague sur le sable. Debout, lissant en arrière sa brillante chevelure, elle étira ses bras graciles et se couvrit de son peignoir pour regagner l'hôtel en courant.

Plus tard ce matin-là, j'eus grand mal à ne pas trop épier Agnès venue, comme d'habitude, s'allonger dans le sable à côté du parasol et du transat de sa grand-mère. Ce n'était plus la même. La sage jeune fille des premiers jours, la distante créature qui ne se mêlait pas aux jeux des autres pensionnaires et restait à l'ombre de la dictature grand-maternelle, n'avait plus rien de commun avec la naïade luisante offerte nue, paisible et impudique aux caresses matinales de la mer. Avec son flair, Irène aurait tout de suite classé Agnès et je me serais peut-être moins intéressé à elle. De quel droit volais-je à cette fille son heure de totale liberté matinale ?

Courant m'ébrouer dans l'eau, je reçus un ballon sur la tête. Un couple éclata de rire. Mes voisins de table. Jusqu'à l'heure du déjeuner, je restai avec eux, pêchant des moules dans les rochers et jouant au volley-ball. La jeune mariée avait un rire de crécelle, un peu bête mais rassurant. Son mari m'apprit tout de suite qu'il était agent d'assurances.

— Ce sont nos premières grandes vacances ensemble, dit-elle. Je n'ai jamais été aussi heureuse. Jean – c'est mon mari – est comme moi. Il ne tient pas en place. Le lever du soleil le tire de son lit. Il ne manque pas une minute de ce bonheur. Moi, je suis une paresseuse…

Jean afficha un sourire assez niais.

Nous déjeunions sur une terrasse abritée du soleil par des claies de bambou. La mer scintillait, la chaleur montait, et, le vin aidant, les quelque vingt pensionnaires s'avouaient, deux par deux, vaincus par la sieste.

Quand Agnès, en short délicieusement court et chemisier jaune, se leva et suivit sa grand-mère, j'observai le dénommé Jean. Il décocha à la jeune fille un regard si sournois, et en même temps si précis, que je n'eus plus de doute. Ce matinal enthousiaste se levait à l'aube pour voir la jeune fille nue prendre son bain.

Il ne fut pas difficile de découvrir dans l'après-midi et la soirée qu'à peu près tous les mâles de l'hôtel s'étaient passé le mot et, postés chaque matin à leur fenêtre, ne manquaient rien de la fugitive apparition d'Agnès.

Le lendemain, je me levai assez tôt pour la revoir se dépouiller de son maillot sur la plage et courir vers la mer. Comme la veille, elle disparut un assez long moment à l'abri des rochers où je supposais qu'elle trouvait une crique propice à un bain de soleil. Elle revint une bonne demi-heure plus tard. Avait-elle ou non conscience des dix paires d'yeux qui la dévoraient ? J'en doutais. Dans la journée, je me surpris à détailler d'elle tout ce qui m'avait échappé jusqu'alors. D'abord sa voix. Ce n'était pas celle d'une jeune fille, mais d'une femme : une voix assez basse, aux intonations voilées quand elle parlait avec respect à sa grand-mère. Trop respectueuse pour être honnête. Je la croisai dans l'escalier : elle montait, je m'effaçai pour la laisser passer. Quelle différence peut-il y avoir entre la démarche d'une jeune fille et celle d'une femme ? Je ne sais pas exactement, mais il y en a une. Les reins d'Agnès étaient ceux d'une femme. Ce corps épanoui, ce visage calme, cette voix appartenaient à une femme aussi heureuse que discrète. Il fallait être aveuglé comme une grand-mère pour ne pas s'en apercevoir.

Irène téléphona le soir. Encore vingt-quatre heures, et elle arrivait. J'irais la chercher à la gare voisine. Elle espérait que je n'étais pas trop bronzé et ne lui ferais pas honte le premier jour où elle s'allongerait sur la plage. À Paris, le temps était de chien. Elle m'embrassait. Moi aussi. L'unique téléphone se trouvait dans le bureau de l'hôtel. En raccrochant, j'aperçus Agnès, debout, derrière la porte vitrée. Elle avait entendu ma conversation téléphonique avec Irène, et sembla hésiter un instant. Son visage fermé s'éclaira soudain d'un sourire auquel j'eus à peine le temps de répondre.

Après le dîner sur la terrasse, quand les tables furent desservies, on apporta des chaises longues. Face à une mer d'encre, sous le ciel étoilé, de petits groupes se formèrent. Le feu des cigarettes trahissait nos mouvements. Dans un coin à part, la grand-mère et sa petite-fille semblaient nous bouder. Nous ne les entendions que chuchoter de temps à autre. Une assez agréable blonde trouva que, décidément, nous nous encroûtions, qu'il y avait un petit bal au village voisin, que ce serait amusant d'aller ce samedi soir danser avec les pêcheurs. D'accord, mais je risquais de faire tapisserie, seul parmi ces couples.

— Alors emmenons Agnès, dit une petite brune.

Comme on le pense bien, le chœur des maris acquiesça d'enthousiasme, mais quand il fut question d'obtenir la permission de Madame mère, personne n'eut le courage d'affronter le dragon. Nous faillîmes tirer à la courte paille. La petite brune – j'ai oublié son prénom – offrit de l'amadouer. Trébuchant entre les chaises, elle gagna le coin de la terrasse où la grand-mère et la jeune fille s'étaient réfugiées. Les négociations durèrent un bon quart d'heure. Je ne sais quels arguments fléchirent l'aïeule. La petite brune ramena triomphalement Agnès qui tendit une main tiède et se laissa présenter tout le monde.

Quelques instants après, nous grimpions à travers la pinède jusqu'à la route redescendant vers le village. Je suivais Agnès qui parlait avec la petite brune. Notre groupe aurait dû être bruyant, et c'est à peine si l'on chuchotait. La présence de la jeune fille intimidait les hommes et inquiétait les femmes. En arrivant sur le port, nous découvrîmes le petit dancing auréolé de lampions. Sur l'estrade s'essoufflaient un accordéon et un saxophone. Le pianiste, un grand garçon blond, plaqua un accord pour saluer notre entrée et arrêta les musiciens. On s'affaira pour rassembler des tables et nous réunir. La danse reprit : sur la piste se trémoussaient des garçons et des filles du pays, et quelques pensionnaires d'un hôtel perché sur la colline. On ne buvait que du vin rosé. J'invitai Agnès et reçus dans ma main gauche une main aux doigts courts, à la paume mince. Elle dansait bien, sans hésitation, sans froideur, mais aussi sans abandon. Il était encore trop tôt pour que je lui dise ce qui me brûlait les lèvres.

Après elle, je dus danser avec plusieurs jeunes femmes. Si curieux que cela puisse paraître, Agnès resta deux ou trois fois en rade. Les hommes n'osaient pas l'inviter. Le vin rosé aidant, ils s'y décidèrent, mais un peu tard. Je l'avais mobilisée et ne lâchais plus la piste où régnait une belle cohue.

— Le pianiste est excellent, dis-je à tout hasard.

— Oui, c'est un premier prix de Conservatoire. Il joue pour payer ses vacances.

— Comment le savez-vous ?

— Notre hôtelier me l'a dit. Ils en sont très fiers ici.

Pour un tango vieux comme le monde, *La com-*

parcita, on éteignit tous les lampions et seule une lumière rouge éclaira la piste. J'approchai ma joue de celle brûlante d'Agnès. Elle ne recula pas. Un moment, nous restâmes ainsi l'un contre l'autre. Je n'osais plus parler. Ce fut elle qui, tout d'un coup, renversa la tête en arrière, sourit et lâcha :

— Et Irène ?

Le coup était aussi bien asséné qu'inattendu. J'eus beau me rappeler qu'elle avait écouté ma conversation téléphonique, je n'en fus pas moins envahi par une stupide confusion. J'avais pris le mutisme d'Agnès pour une totale absence de rouerie et, en même temps, j'oubliais l'être qui m'était le plus cher. L'imbécile, c'était bien moi. Je dus avoir l'air d'un gamin pris en faute. Pour me consoler, elle me donna une petite tape sur la joue.

— Les hommes sont tous des filous ! dit-elle en continuant de sourire.

— Je vous imaginais…

— N'imaginez rien !

— Surveillée par votre grand-mère comme vous l'êtes, je me demande comment vous avez appris ce trait caractéristique du sexe fort… Auprès de qui ?

— Il y a de courts instants dans la vie où les grands-mères dorment, dit-elle.

— Oui, tôt le matin, par exemple…

Elle ne broncha pas. Le tango s'achevait. Les lumières se rallumèrent.

Le pianiste claqua le couvercle de son piano. Il y eut un flottement sur la piste : la fête était finie. Nous n'avions plus qu'à rentrer par la pinède dont le parfum tiède montait par bouffées jusqu'à la route. À la porte de l'hôtel, nous nous dîmes au revoir. J'essayai de garder un instant la main d'Agnès. Elle m'échappa. Ce soir, dans leurs chambres, les quelques maris qui avaient osé danser avec Agnès jouaient les héros et leurs femmes les admiraient et les reprenaient en main.

Je dormis mal, mal pour ne pas dire pas du tout.

Qu'y a-t-il de plus agaçant que la sensation de s'être montré aussi peu clairvoyant ? Le retard d'Irène, la présence de cette fille auréolée d'un rien de mystère me déroutaient. Il est faux que la nudité des femmes sur une plage désarme l'envie, elle crée, au contraire, un climat de facilités autour duquel l'imagination s'ingénie cruellement à broder. Pour tout dire, Agnès commençait à plaire, à moi, à nous tous.

Levé aux premières lueurs du jour, je descendis. À l'abri d'une barque tirée au sec sur la plage, je n'eus pas à l'attendre longtemps. Elle entrouvrait son peignoir quand je me montrai. Pendant une seconde, je crus lire de la méchanceté sur son visage, mais elle ne referma pas le peignoir et resta droite, les lèvres serrées, attendant une explication.

— Je suis venu vous conseiller de ne pas vous baigner nue.

— Pourquoi ? C'est mon droit.

— Pas quand une dizaine d'hommes se poste aux fenêtres pour vous épier chaque matin. J'aimerais être le seul.

Une légère rougeur envahit ses joues. Le peignoir entrouvert dévoilait son ventre et ses seins. D'un geste brusque, elle le referma.

— Merci ! Voilà un plaisir dont votre curiosité me prive, dit-elle.

— Je le regrette plus que vous.

À cet instant, tous les regards des mâles devaient nous épier. À pas lents, nous regagnâmes l'hôtel encore endormi, enfin endormi à moitié… Sur le palier, je l'arrêtai :

— Qui allez-vous retrouver à l'abri de la petite crique voisine ?

— Dépêchez-vous de deviner ! Il repart bientôt pour New York.

Et se perchant sur la pointe des pointes des pieds, elle m'effleura la joue de ses lèvres.

Avec le petit-déjeuner, on m'apporta le télégramme annonçant l'heure d'arrivée d'Irène. Sur la plage, bien que toujours surveillée par l'œil de poisson mort de sa grand-mère, Agnès vint se mêler à nos jeux. Mais comment dire ? À de plates allusions, je devinai la secrète rancœur des voyeurs privés de leur spectacle matinal. La jeune fille s'amusait comme si de rien n'était. Je la voyais tendre son long corps musclé pour lancer le ballon, jouer au dauphin dans les vagues, rire, crier. Une soirée nous l'avait transformée. Et Irène arrivait ce soir…

Je fus en avance à la gare. Elle descendit du train avec cet air à la fois indulgent et décidé que je lui aime bien. Au cours du trajet, je ne sus pas résister à l'envie de la mettre au courant jusque dans les plus petits détails. C'est ainsi qu'avec Irène finissent ou plutôt que ne finissent pas mes petits romans personnels. À la sentir près de moi, compréhensive et tendre, je n'ai plus qu'envie de jeter par-dessus bord tout ce qui compliquerait nos deux existences.

— En somme, j'arrive à temps ! dit-elle. Une fille qui t'affole et jette le désarroi parmi les maris, ça doit être une jolie garce ! Laisse-moi vingt-quatre heures pour démonter sa mécanique.

Le problème d'Irène, c'est qu'à force d'avoir vu tourner des romans policiers par son metteur en scène, elle se croit des dons de détective. J'aidai la femme de chambre à monter les bagages pendant qu'Irène remplissait sa fiche devant l'hôtelier. Elle me rejoignit triomphante :

— Je sais déjà quelque chose !

Le soir, après le dîner, sur la terrasse plongée dans l'ombre, Agnès se joignit à un petit groupe. Irène en profita pour aller braver l'humeur de chien de la grand-mère. Je commençais à m'inquiéter. Les deux femmes parlèrent un long moment et je devinais au son de sa voix qu'Irène déployait ses charmes, irrésistibles quand elle accepte de s'en donner la peine. On m'appela vers le petit groupe et je me trouvai près d'Agnès qui heurta ma main : « Vous avez du feu ? » La lueur du briquet éclaira son regard. Cherchait-elle un complice ? Irène revint vers nous et, du fond de sa chaise longue, la grand-mère appela sa petite-fille d'une voix impérieuse.

— Chéri, je meurs de sommeil, dit Irène en bâillant.

Il y eut quelques bonsoirs égrillards. Au bas de l'escalier, nous rencontrâmes Agnès qui allait monter avec sa grand-mère. Irène prit la jeune fille par le bras et nous précéda. Elles grimpaient trop vite pour nous, et je me forçai à quelque politesse envers la grand-mère qui grondait. J'entendis Irène entrer dans notre chambre avec Agnès. Quand nous arrivâmes sur le palier, elles se disaient au revoir avec, toutes les deux, un de ces sourires parfaitement naturels que les femmes savent s'adresser quand elles n'en pensent pas moins.

Enfin seuls, nous ouvrîmes la fenêtre donnant sur la grève blanche de la plage. Au-delà, s'ouvrait la gueule noire de la nuit sans lune. De la terrasse en dessous montait un murmure de voix.

— C'est si beau, dit Irène. À Paris, j'en crevais d'envie.

— Et moi, je crève d'envie de savoir ce que tu as deviné…

Mais Irène ne se pressait pas. À son calme, je devinais son triomphe sans modestie. Elle ouvrit ses valises, m'annonça un par un ses shorts, ses chemisiers, ses robes d'été, ses maillots…

— Il en manquera juste un, dit-elle. Je viens de le donner à Agnès pour qu'elle ne se baigne plus nue le matin. Ce n'était pas charitable devant tous ces hommes qui n'ont pas des airs très gâtés. Je ne parle pas de toi. Toi, tu étais seul. Tu es excusable d'avoir ressenti… comment dirons-nous… une petite émotion.

— Irène, ne joue pas les sibylles.

— Ce que tu es lourd, mon pauvre ! J'ai tout deviné en arrivant. L'hôtelier ne connaissait pas le pianiste du petit dancing. Il ignorait même son existence. Donc, seule elle savait qu'il est Premier Prix de Conservatoire. D'autre part, ce garçon jaloux a interrompu brusquement le bal au moment où tu dansais joue contre joue avec Agnès.

— Irène, tu te crois en train de tourner un film…

— Mais non, c'est bien mieux : le pianiste est son amant. Elle le rejoint tous les matins dans la crique derrière les rochers. La grand-mère m'a dit qu'à Paris sa petite-fille avait eu de mauvaises « fréquentations ». Elle sortait avec un « artiste » ! Si tu l'avais entendue prononcer le mot « artiste », quel dégoût ! Pour briser tout ça, elle a emmené la petite ici. L'amant a suivi, déguisé en pianiste de bal musette.

— Ça n'explique absolument pas pourquoi elle se baigne nue, à sept heures du matin.

— C'est le seul moment où l'hôtel dort. Et si elle y va nue, c'est pour ne pas mouiller un maillot qui la trahirait devant sa grand-mère. Alors, ce soir, en cachette, je lui en ai offert un. Comme ça, vous passerez tous des nuits moins agitées. Ah ! zut…

— Quoi…

— J'ai oublié mes chemises de nuit.

— Ce n'est pas grave, je serai si près de toi ce soir que je ne m'en apercevrai pas.

— Oui, dit-elle, mais alors ne t'avise pas de m'appeler Agnès.

Je l'embrassai pour qu'elle se taise. Il y a des choses que l'on fait, mais que l'on ne dit pas.

(Magazine *Votre Beauté*, 1956)

Inconstante Constance

Les membres de la Conférence Internationale ne parvenaient pas à rassembler leurs idées. Avouer qu'ils n'en avaient pas eût, peut-être, simplifié les choses. Ce n'était pourtant pas l'exacte vérité. En effet, depuis le début de leurs travaux, une rare fatalité s'acharnait à distraire les trente-quatre délégués de la tâche que leur avaient confiée leurs pays respectifs. Si, les premiers jours, aucune entente n'avait paru possible, la faute en incombait alors aux fresques du plafond et des murs. Les orateurs parlaient dans le vide tandis que les délégués portaient principalement leur attention sur les formes pleines et roses des faunes et des sirènes de la Paix. Un peintre officiel, mais inspiré, s'était autorisé quelques audaces de détail d'une liberté qui avait cours dans fort peu de pays. En se transportant dans la salle des sous-commissions, la Conférence n'avait rien gagné en solennité.

L'après-midi le soleil tapait si fort sur les vitres qu'il fallait, pour ne pas mourir de chaleur, ouvrir les fenêtres et se condamner à entendre les glapissements des enfants du concierge qui jouaient à la guerre dans l'allée sablée du Palais de la Paix. Il avait été nécessaire de désigner à la Conférence une troisième salle de réunion, au dernier étage. Sur les murs blancs, des décorateurs bien intentionnés avaient épinglé des cartes anciennes fort rares. Les délégués ne s'en aperçurent que le jour où une main inconnue qui, sans doute, avait intérêt à retarder leurs travaux, remplaça les cartes anciennes par des photos de femmes nues. Cette plaisanterie de collégien eut – le croirait-on – l'effet le plus désastreux sur l'esprit des délégués puritains majoritaires à la Conférence. Bien qu'aussitôt retirées, les photos continuèrent de les obséder et c'est à grand-peine que le calme revint. Deux articles du fameux projet de Paix qu'on allait déclarer à la Slovénie furent enfin rédigés et votés. Les délégués se montrèrent si satisfaits d'eux-mêmes, que le Président accorda huit jours de suspension de séance. Avec un peu de chance, tout serait terminé dans trois mois.

Le premier jour de la reprise des séances matinales, les trente-quatre délégués constatèrent avec un intérêt non dissimulé que l'une des trois sténotypistes pianotant sous l'estrade réservée aux orateurs était avantageusement remplacée par une blonde vaporeuse qui croisait agréablement les jambes. Insolemment indifférente à la vague internationale d'admiration qui venait mourir à ses genoux, elle réussit très vite ce miracle d'être aussi la meilleure des secrétaires. À chaque début de séance, le Président rendait hommage à sa vélocité et à sa précision. Elle semblait parler toutes les langues et les rapporteurs comme les interprètes prirent l'habitude de ne s'adresser qu'à elle. Le jour où elle porta un chemisier un peu trop échancré, on s'aperçut, mais un peu tard, que l'interpellateur ne voulait plus quitter la chaire d'où il surplombait la tablée des sténotypistes. Il fallut un vote pour limiter le temps de parole de chacun à cinq minutes. Cela faisait encore trois heures pendant lesquelles chacun des délégués avait son mot à dire, un mot distrait, il est vrai, tant l'attention de l'orateur se portait principalement sur le corsage béant de la belle Constance qui continuait avec un rare sang-froid de tapoter sur sa machine.

Pendant les suspensions de séance, elle restait à sa place, décourageant ceux qui, l'attendant dans le couloir, espéraient ourdir enfin avec elle une convention officieuse. Elle parlait avec les autres sténotypistes, mordait son crayon ou écrivait fiévreusement une lettre que jalousaient tous les délégués. Quand elle avait terminé, elle se peignait soigneusement les lèvres en un rose-corail qui laissait rêveur le délégué polynésien lui-même, puis se tournait vers le Président de la Conférence qui comprenait que l'heure était venue de reprendre les travaux.

Bientôt des mouvements divers se manifestèrent parmi les délégués. Certains se prétendaient offensés par la place qu'ils occupaient dans la salle. Ils représentaient certes de petits pays à faible population mais était-ce une raison pour les reléguer au fond ? Et le droit des peuples à disposer d'eux-mêmes ? Une fois de plus les grandes puissances, au premier rang, se taillaient la part du lion. Une pétition circula, signée par les délégués de San Marin, Andorre et Monaco, aussitôt approuvée par l'Albanie, Cuba et l'Islande. Le Président, un myope qui ne s'était même pas aperçu du changement de secrétaire, approuva et remania aussitôt la composition de la salle des séances. En réalité, il ne s'agissait, bien entendu, pour les petits pays, que de se rapprocher de Constance. Ce fut un beau tollé. Le délégué des États-Unis se plaignit à Washington et un cuirassé cingla aussitôt vers Cuba. À quelques milles de la côte, il se livra à des exercices de tir qui cassèrent toutes les vitres et affolèrent les habitants. Le délégué cubain dut reprendre sa place au fond de la salle, la rage au cœur. Les banques du monde entier menacèrent de ne plus financer aucune guerre si le délégué israélien ne retrouvait pas son bureau au premier rang. Ne comprenant rien à ce déchaînement de forces internationales, le Président, luttant désespérément pour maintenir un semblant d'autorité, crut trouver un allié en la personne du délégué français, Jérôme du Terrail, qui ne manifestait aucun désir de changement de place. À dire vrai, Jérôme du Terrail, a priori défavorisé par rapport aux autres délégués des grandes puissances, n'aurait cédé la sienne pour rien au monde. De son pupitre, il avait, en effet, remarqué que, s'il était un peu éloigné de Constance, il jouissait, en revanche, d'une vision agréable de ce qui se passait sous la table des secrétaires. Constance croisait et décroisait sans cesse les jambes. Il avait également remarqué que les deux profils de la jeune femme se ressemblaient peu et que le côté droit l'emportait sur le gauche. Cette différence si subtile, il était certain de l'avoir seul appréciée et d'être seul à en jouir, tandis que ses collègues se battaient pour être en face d'elle.

Par la faute de ce remue-ménage perpétuel, la

tension s'aggravait chaque jour un peu plus. Les travaux n'avançaient pas, au contraire de l'hiver qui maquillait la Suisse et la faisait ressembler, avec ses montagnes couronnées de neige, aux réclames de chocolat et de lait en poudre. Le froid dessinait des fleurs de givre sur les vitres. Le Russe et le Roumain arrivaient coiffés d'astrakan. Le délégué mexicain grelottait dans son pardessus trop clair.

On allait au devant de mésententes si graves que le Président se désespérait et passait ses nuits à démentir par des communiqués les informations ironiques et tendancieuses de la presse au service des Slovènes. Un matin, une discussion venimeuse mit aux prises les délégués sud-américains et scandinaves. Des mots blessants furent échangés. Le Président leva la séance, mais les trente-quatre représentants refusèrent de sortir. Un lourd silence plana sur la Conférence dont tous les membres étaient poussés à bout. Qui romprait le premier ce silence dans lequel on percevait déjà les germes d'une guerre ? Jérôme du Terrail dessinait sur son buvard le même profil de Constance depuis quinze jours. De temps à autre, il levait son sous-main et le montrait à la jeune femme qui y jetait des coups d'œil amusés. Personne, heureusement, ne s'apercevait de ce manège qui eût coalisé le monde entier contre la France, toujours si légère.

Au fur et à mesure que s'épaississait le silence, Constance s'énervait, parlait à voix basse avec ses deux autres collègues, tapotait avec son crayon sur la table. Avec stupeur, les délégués placés en face d'elle voyaient ses beaux yeux bleu-gris-vert foncer lentement, prendre des couleurs orageuses. À certains signes de ses narines, Jérôme devinait la tempête proche. Brusquement, elle se leva renversant sa chaise et dit d'une voix assurée :

— Et si nous brisions la glace ?

Les douze interprètes traduisirent. Les trente-quatre délégués se regardèrent avec étonnement. Un brouhaha s'ensuivit que Constance prit pour un acquiescement. Elle sortit et revint, un manteau sur ses épaules.

— Je vous attends, Messieurs.

Ce fut une ruée vers le vestiaire. Une cavalcade de diplomates dévala l'escalier de marbre, plaquant contre la rampe les huissiers ahuris. Dans la grande allée rouge du Parc, Constance conduisit un étrange cortège qui la suivait, un peu essoufflé, mais grisé d'un indicible espoir. Elle se mit à courir et seul le délégué finlandais put la suivre de près. Jérôme du Terrail préféra prendre un raccourci pour arriver en même temps qu'elle au bord du lac, sur le môle du petit port réservé à la S.D.N. Les trente-deux nations restantes suivaient, haletantes dans un nuage de buée. Le froid couperosait les visages. Constance, avec calme et dignité, ôta son manteau, le jeta à ses pieds, et lentement se déshabilla. Les délégués reculèrent de quelques pas. Déjà leur apparaissait son corps rose et blanc, orné à peine d'une légère blondeur. C'est une vraie blonde, pensa Jérôme. Puis, nue et fraîche comme un bonbon, elle plongea. La mince couche de glace à peine épaisse de quelques millimètres éclata sous son poids. Constance apparut quelques brassées plus loin, brisant de nouveau la pellicule couvrant la surface du lac. Dans un bouillonnement d'écume elle regagna le môle et se hissa à la force des poignets. Elle a tort de ne pas se raser sous les bras, pensa Jérôme. Deux longues égratignures vermeilles rayaient son ventre et son dos. Le délégué iranien ôta sa pelisse et s'avança. Sans manières, elle accepta le peignoir et le paravent. Tandis qu'elle s'habillait, l'Iranien tournait la tête. Constance reparut, de nouveau couverte, mais le visage et les bras bleuis par le froid. Elle en rit, en se regardant dans son miroir de poche.

— Avez-vous vu le Mont-Blanc ? demanda-t-elle le doigt pointé vers l'autre rive du Léman.

On n'aperçoit que son sommet, cerné, un peu plus bas, d'une auréole de nuages. Aujourd'hui, c'est saint Mont-Blanc.

— Vous voulez dire mon sein blanc, rectifia Jérôme.

Elle le regarda, déclenchant aussitôt trente-trois jalousies féroces.

— J'aimerai les Français quand ils ne feront plus de calembours.

— Aimez-moi tout de suite, je jure que je n'en ferai plus.

Le vent chassait de ses tempes creuses les cheveux blonds trop légers, à peine humides.

Derrière elle, le cortège regagna le Palais de la Paix. Constance reprit sa place au bureau des secrétaires à côté de ses collègues qui l'interrogèrent avidement. La glace était bien brisée. L'accord final intervint dans la matinée. La jeune femme rayonnait de joie, mais les délégués n'étaient pas tous aussi heureux qu'elle. Les journaux annonçaient déjà le succès remporté par la Conférence Internationale chargée de rédiger le Traité de paix. Ceux qui étaient à la solde des Slovènes ne cachèrent pas leur déception. Un des quotidiens de Genève eut vent de la façon dont l'accord s'était réalisé. Il en fit des gorges chaudes et les délégués furent priés de regagner leurs pays respectifs pour s'expliquer devant leurs ministres des Affaires Étrangères. Seul Jérôme du Terrail ne fut pas rappelé. L'huissier du Quai d'Orsay qui était chargé de remettre les journaux au Ministre les gardait et les rapportait chaque soir à sa femme qui les lisait de la première à la dernière ligne pour se faire une opinion et bien voter aux prochaines élections. Le télégramme envoyé par Jérôme pour annoncer le succès remporté par la Conférence était arrivé chiffré à six heures une sur la table du fonctionnaire chargé de le traduire. Or, ce fonctionnaire à cet instant précis franchissait la grille du Ministère pour aller prendre son métro. Le lendemain, avec sa femme et ses huit enfants, il s'embarquait dans le train en direction de Plougastel-Daoulas, où il passait chaque année son mois de vacances. Le Ministre qui, à cause de son estomac, ne pouvait supporter que la popote de sa femme, ne dînait jamais en ville et ne serait informé de rien avant le retour de son fonctionnaire du chiffre. Ajoutons, pour être à la fois exact et complet, que le directeur du Cabinet qui lui, au contraire, sortait beaucoup et aurait pu apprendre la nouvelle au cours de quelque dîner mondain, était malheureusement occupé à répéter dix heures par jour avec sa femme, sous les pseudonymes de Paquita et Pepito, un numéro de claquettes pour le prochain gala des orphelins du ministère. La nouvelle fut donc gardée bien secrète. Jérôme du Terrail ne se pressait pas de regagner Paris. Nul ne l'y attendait. Genève sans Commission Internationale, Genève pour le plaisir de Genève l'enchantait. Toutes les bonnes raisons qu'il se donnait ne valaient pourtant pas la seule qui l'avait, en réalité, décidé à rester. Mais où retrouver Constance ? La ville n'était cependant pas si grande qu'il ne pût compter sur le hasard. Le hasard le fit attendre deux jours. Entre-temps, il avait accompagné la plupart de ses collègues au train ou à l'avion qui les ramenaient dans leur pays. Avec une touchante unanimité chacun d'eux s'était confié à lui. Devenu le dépositaire de tant de secrets désirs, le Français sentait croître sa curiosité.

Ce n'est qu'après avoir accompagné au train de minuit le dernier délégué, le plus paresseux, un Roumain, que Jérôme du Terrail (trente-deux ans, trente-deux dents, trente-deux rue du Ranelagh à Paris), découvrit Constance seule chez Canonica. Attablée, elle buvait un chocolat glacé qui lui dessinait, à la commissure des lèvres, deux fines moustaches en croc, à la Guillaume II. Après l'avoir crue anglo-saxonne, n'allait-il pas la découvrir saxonne tout court ? Une légère pointe d'accent s'égarait encore sur certaines syllabes. Jérôme substitua habilement des whiskys au chocolat glacé et entreprit une de ces conversations dont les Français à l'étranger se transmettent oralement le secret depuis des générations. Évitant avec art les sujets légers, il feignit d'intéresser Constance à des détails innocents de la vie à Paris. Il l'assurait notamment que peu de Français portent la barbe, et qu'avec ses yeux bleus le matin, gris l'après-midi, verts le soir, elle aurait toujours du succès auprès des hommes rasés. Dans le métro, il faudrait qu'elle fît attention de ne pas changer à Châtelet et à Saint-Lazare où les couloirs n'en finissent plus. Le théâtre le plus comique ? Le palais Bourbon. La rue la plus longue ? La rue de Vaugirard. L'homme le plus célèbre ? Longtemps l'agent de la porte Saint-Denis, mais depuis sa mort, plus personne. La femme la plus belle ? Pas une ne mérita longtemps ce titre. On en trouvait toujours une autre plus belle quelques minutes après et tout était à recommencer. Constance feignait de le croire. S'enhardissant, elle voulait encore savoir si elle trouverait à Paris une édition non expurgée de *L'Amant de Lady Chatterley* et de *Poussière*, introuvables dans toute l'Europe non catholique. Il les lui promit si elle venait à Paris, et même de lui donner le frisson en dansant avec elle rue de Lappe et au bal Nègre de la rue Blomet. C'était trop de merveilles ! Constance pâlissait et Jérôme crut que son impatience gâcherait tout, qu'il faudrait organiser, entre les tables de Canonica, une danse apache avec les serveuses et les serveurs.

Cet exercice de conversation pratique laissait à Jérôme le temps de détailler un visage qu'il n'avait pas encore eu la chance d'approcher d'aussi près : un charme à la fois puéril et volontaire, une bouche exquise, une oreille parfaitement désirable. Une correspondance secrète existait entre le son de certains mots crus ou osés et les couleurs qui passaient par vagues successives à fleur de cette peau d'ange.

Une à une, autour d'eux, les tables se vidaient. Les serveuses renversaient les chaises et ils se trouvèrent bientôt seuls au milieu d'une étrange forêt aux fûts égaux et trop courts. Cette végétation subite les réduisait à la fuite. Sur le quai, le long du lac, il osa prendre un bras qui se contracta et lui parut étonnamment musclé. D'un pas, qu'il devinait imperceptiblement chancelant, elle le guida vers son hôtel. Jérôme se désespérait déjà d'une victoire aussi facile et se demandait avec anxiété ce qu'elle pensait. Il avait tort : elle ne pensait à rien, sinon qu'elle ne tenait pas bien l'alcool. Devant la porte, elle lui tendit une main parfumée.

Ils ne se quittèrent désormais plus que pour la nuit, seul moment où il aurait, malgré tout, préféré la garder. Il devenait maladroit avec elle, comme on l'est avec les femmes que l'on désire sur-le-champ, qui vous donnent le bonheur de se refuser, mais dont la conquête n'en semble pas moins une épreuve à surmonter. Pour se rapprocher d'elle, il vint habiter le même hôtel, la chambre en face. En rentrant, le soir, tous deux déposaient devant leur porte leurs souliers qui, toute la journée, s'étaient provoqués sous les tables de restaurant et que l'ombre et la largeur du couloir obligeaient à se regarder vides et désespérés, jusqu'à l'aube où le valet de chambre les emportait pour les astiquer et les rendait, au réveil, luisants et propres, sans trace de leur nuit blanche.

Jérôme notait chaque matin les infimes progrès réalisés. En huit jours, il était passé du baise-main au baise-paume, de la rumba distante au tango rapproché, de Mademoiselle à Constance, du vous au tu. Qu'était-ce que ce long acheminement vers une fin qu'il savait inévitable ? Jérôme comprit que sa campagne avait été maladroitement menée de bout en bout et qu'il se laissait naïvement accorder des faveurs imprévues. Quelque chose de pire que tout se produisait : la jeune femme le déroutait.

À quoi bon avoir été reçu premier au Grand Concours, si c'était pour ne manœuvrer ainsi que par petites ruses ? La diplomatie n'exclut pas les plans. Jérôme reprit son carnet et pour la nouvelle semaine à venir, nota sept points qu'il faudrait atteindre à tout prix. Mathématiquement, il devait le septième jour prendre un petit-déjeuner au lit avec elle.

Mais il était dit que, décidément, rien ne répondrait à ce que l'on attendait d'elle.

Le premier soir, Jérôme prit une avance de deux jours. Dans le hall de l'hôtel, Constance retira son manteau et ils gagnèrent leurs chambres en montant l'escalier lentement, la main dans la main. Elle portait une robe sans manches qui dégageait de beaux bras. Au moment de la quitter devant sa porte, il ne sut pas résister. Constance ne se déroba pas et ferma les yeux. Poursuivi par une insomnie, Jérôme se demanda toute la nuit s'il n'aurait pas dû la suivre, caler la porte avec son pied, risquer le scandale. Le lendemain, sortant de sa propre chambre, il aperçut la clé de sa vis-à-vis demeurée dans la serrure. N'ayant plus l'âge – ni aucune raison d'ailleurs – de résister aux tentations, il frappa du doigt et entra sans attendre de réponse. Par les stores baissés filtrait un soleil d'hiver aux reflets roux. La robe de la veille gisait en désordre sur le fauteuil. Le parfum de Constance, un parfum d'Europe Centrale faussement voluptueux, s'évaporait du lit où elle dormait, nue sous son drap remonté jusqu'aux épaules. Le cœur de Jérôme battit si fort qu'il dut le maintenir dans sa paume gauche en s'approchant du lit, le souffle coupé. Un bras nu replié cachait le haut du visage qu'il protégeait de la lumière envahissante du matin. Les lèvres se joignaient en une moue triste et décolorée. Le bras droit détendu pendait hors du lit.

Avec le bâton de rouge abandonné sur la table de la coiffeuse, Jérôme inscrivit un rendez-vous sur le miroir.

Elle y vint sans gêne, sans autre roseur sur les joues que celle prêtée par la fraîcheur de février. Cet après-midi-là, il put tout de même noter dans son journal : « Longuement embrassé Constance dans le parc des Eaux vives ». Elle embrassait bien. Nous voulons dire comme une femme du monde. Tout de même un aveu. Pourtant Jérôme n'osait s'y fier. Le soir, elle fut froide et ensommeillée. Dérouté une fois de plus, il se demandait si tout ne serait pas à recommencer le lendemain. Ce jeu n'était possible qu'à Genève, ville lente et pudique, à cheval sur un bout de lac.

Le jour qui suivit, ce lac vert et bleu servit de toile de fond à leur promenade. La brume cachait Territet, et le Léman s'ouvrait comme un fjord sur un horizon blanc. Ils passèrent devant le môle d'où elle avait plongé pour briser la glace. Jérôme voulut l'arrêter mais elle le força à continuer. Il ne put noter que la rougeur assez vive qui envahissait ses joues.

— Comment vont ces deux éraflures ?

— N'en parlons pas. Ce ne sont plus que de légères égratignures roses.

— Je n'ai pas encore compris pourquoi ce sacrifice.

— Il fallait un terme à cette situation, dit-elle. Je n'aurais pu supporter longtemps ces trente-quatre désirs aussi aigus. La conférence devait prendre fin. Et puis…

— Et puis…

Jérôme démêla une histoire très compliquée. Constance, née dans un de ces pays opprimés par les Moldaves, avait juré de se venger en précipitant la conclusion du Projet de Paix. À la vérité, cet aspect de la question n'intéressait Jérôme que fort peu. Il se méfiait (instruction secrète n° 7 à l'usage des diplomates) de l'opinion politique des femmes. Constance continuait de raconter comment elle avait quitté son pays à cheval, traversé des forêts, des plaines, des villes enflammées et comment un matin elle s'était réveillée dans les montagnes helvètes où des douaniers verts l'avaient recueillie, nourrie et dirigée sur Genève, dans un camp bourré de chocolat, de confiture, de pain blanc, de savon et de bas nylon. Elle avait eu le temps d'apprendre la sténotypie et grâce à sa connaissance de six langues, on lui avait accordé un passeport d'apatride et un poste à la Conférence Internationale de la Paix. Là, Jérôme savait tout :

— Et mon désir à moi ne t'était pas pénible ?

— Oh, toi, on voit bien que tu aimes comme tu respires…

— Je n'ai jamais dit que je t'aimais !

— Alors, lâche mon bras.

— Constance chère, il n'y a aucun rapport entre la pression que j'exerce sur ton bras et le fait que je n'ai pas encore avoué que je t'aimais. S'il le faut…

— Lâche mon bras…

— Constance, je t'aime…

De quel aveu de prix venait-il de payer le plaisir de tenir ce bras ? Jérôme en eut soudain peur. Non pas qu'il mentît effrontément, mais il n'en savait encore rien. Les mouettes tournaient au-dessus du lac avec leurs cris de noyés si étrangement humains. Un cygne blanc, un cygne noir traçaient des V sur le Léman irisé. Mais n'interprétons pas les signes. Il ne s'agissait pas de crier victoire en pleine défaite. Constance vaincue, abandonnant son bras, avait manifestement horreur des baisers en plein air. L'aveu de Jérôme était grave. Il ne l'avait pas fait assez souvent pour ne pas y attacher d'importance. À la minute même il se souvenait qu'il avait réservé ces mots à Marie, Olivia et Odette. Constance les volait toutes trois. Que pouvait-il ajouter ? Sa faute était de s'être aventuré à la légère sur un terrain mouvant. L'ennemi, le dos au soleil, avait pris soin de l'éblouir. Jérôme du Terrail était de ces rares diplomates qui sont toujours prêts à honorer leur signature…

Ils revinrent à la nuit tombante. Une à une émergeaient de l'ombre les gigantesques enseignes au néon qui donnaient au Rhône renaissant sa diaprure de nuit. Du clocher Saint-Pierre tombaient sur la ville les six coups de six heures et la sonnerie des Frères Jacques. Les derniers grèbes en vol plané regagnaient le parc aux oiseaux de l'île Jean-Jacques-Rousseau. Tout au long du lac la chaîne des lumières dessinait les contours aisés de la rive. Un vent humide se levait. Les tramways passaient en cliquetant. Constance accordait son pas à celui de Jérôme.

À l'hôtel, le portier annonça au plus jeune diplomate « *in the world* » que le quai d'Orsay l'appelait régulièrement toutes les cinq minutes depuis le début de l'après-midi. Jérôme se prit à haïr le téléphone. Quelque chose se préparait au bout de ce fil qui le reliait encore à Paris, quelque chose qu'il n'aimerait sûrement pas. À peine était-il dans sa chambre que la sonnerie tintait. Il eut d'abord la voix pointue de la standardiste, puis celle d'une secrétaire acide, et enfin le bon gros accent corrézien de Monsieur le Ministre.

— Allô, du Terrail ?

— C'est moi-même, Monsieur le Ministre.

— Vous voilà enfin ! Qu'est-ce que cette histoire de conférence ? Vous avez signé pour nous ?

— Il y a déjà quinze jours, Monsieur le Ministre, et selon vos instructions avant la conférence.

— Très bien, très bien. Je ne vous reproche pas d'avoir signé. La question n'est pas là. Non, mais il se prépare pour demain matin une interpellation à la Chambre et je voudrais que vous m'apportiez un petit topo... enfin un machin pour que je puisse répondre. Vous savez très bien que je ne connais rien à tous ces trucs-là... je vous attends à dix heures au Quai. Vous assisterez dans la tribune à la séance de midi.

— Comptez sur moi, Monsieur le Ministre.

Jérôme raccrocha. Un doigt discret frappait à la porte de sa chambre.

— Entrez.

Constance, les épaules nues dans une robe du soir d'un rose attendrissant, se tenait debout dans l'embrasure de la porte. Son visage reflétait une inquiétude que trahissaient les contours très doux de ses lèvres pâles.

— Comment la trouves-tu ?

— Adorable ! Je vais en rêver toute la nuit.

— Pourquoi en rêver ?

— Je pars. On m'appelle d'urgence à Paris.

— Ah, dit-elle sans y croire, un vague sourire sur les lèvres. Et le gala de ce soir ?

— Pas de gala.

— Pas de gala…

— Constance ?

— Oui.

— Je reviendrai le plus tôt possible. Peux-tu attendre ?

— Et si je ne pouvais pas ?

— Ce serait la même chose. Pour des raisons obscures et sans intérêt, je dois partir. Depuis longtemps l'ange des wagons-lits n'a pas dormi avec moi. Il me réclame avec insistance sur le trajet Genève-Paris.

— Bien sûr, si tu reviens, nous verrons. Je garde encore quelque temps le décor de Genève. Respectons l'unité de lieu qui est la règle des bonnes pièces de théâtre. D'ailleurs les changements de décor coûtent cher et je ne suis qu'une réfugiée.

— Je voudrais aussi, Constance chère, que nous respections l'unité d'action.

— Cela ne dépend pas de moi. Tous les hommes sont les mêmes, dit-on. Il est possible qu'un soir j'en rencontre un qui te ressemble étrangement et me dise les mêmes choses.

— Alors ne crains rien, ce sera moi.

— Je crains plutôt que ce ne soit pas toi.

Constance savait dire au revoir. Dans ces circonstances particulières, elle embrassait mieux encore qu'une femme du monde. Dans le train, Jérôme retrouvait sur ses lèvres le goût de framboise du rouge de Constance. Au revers de son veston demeuraient des relents de ce parfum si lourd dont elle usait mal à propos. Quand il descendit du train à la Gare de Lyon, cette saveur fugitive et ce parfum entêtant avaient déjà disparu.

*

Contrairement à ce que l'on pourrait croire, Jérôme ne remit pas au Ministre la lettre écrite pour Constance, pas plus qu'à cette dernière il n'envoya le rapport préparé pour son Ministre. Si présent, si brillant que fût cet exposé qui dura trois heures d'horloge, la politique étrangère fut la pierre d'achoppement du Ministère. Par 312 voix contre 311, le cabinet fut renversé. Une mauvaise odeur se répandit dans les couloirs. Les plus téméraires qui l'affrontèrent eurent droit à un poste. De toute façon, la Chambre en avait assez de l'accent de la Corrèze. On le remplaça par un accent de Toulouse qui résumait plus heureusement les aspirations du pays : une certaine bonhomie accommodée de vulgarité. Le nouveau ministère reçut les pleins pouvoirs par 312 voix contre 311. Mais Jérôme du Terrail n'avait pas les faveurs du nouveau Ministre. Il fut relégué dans un bureau sous les combles. De sa fenêtre, il apercevait la Seine qui n'aurait jamais la couleur du Léman. En attendant de problématiques missions à l'étranger, on l'utilisait à rédiger des traités de paix qui n'auraient pas lieu. Seules les lettres de Constance mettaient un peu de fantaisie dans ces journées moroses. Elle lui apprenait avec la plus charmante sincérité qu'elle avait valsé avec un prince lichtensteinois, skié avec le champion du monde, dîné avec un écrivain célèbre, bridgé avec trois ambassadeurs ou qu'elle s'était promenée en voiture avec un Français misogyne, à cheval avec un baron balte et à pied avec un poète japonais. Jérôme n'était pas absolument dénué d'intuition. Il souriait en lisant ces lettres qui se faisaient, d'ailleurs, de plus en plus rares, pour bientôt s'arrêter.

Trois mois s'écoulèrent, jusqu'au jour où l'enfant de Tulle, par 312 voix contre 311, reprit son ministère à l'usurpateur de Toulouse. Le Ministre avait bon cœur. Il renvoya Jérôme à Genève préparer des négociations difficiles.

La ville, puis le lac, s'inclinèrent lentement. Mais alors qu'il s'attendait à un raz-de-marée submergeant le Kursaal et la gare, l'eau resta immobile, suivant le mouvement, comme retenue au bord par cette frange blanche que formaient la plage et la promenade des Pâquis. Les montagnes elles-mêmes, au lieu de s'écrouler comme des châteaux de cartes, conservèrent leur rigidité de carton-pâte, n'offrant que le spectacle de leurs plateaux boisés et de leurs pics luisants soigneusement astiqués par le syndicat d'initiative. Cela dura bien une minute. Puis le plan incliné subit une rotation sur son centre, la rade s'agrandit et se pencha dangereusement vers un abîme que Jérôme n'apercevait pas. Le Léman, toujours calme avec ses reflets turquoise et or, resta figé, semblant suivre l'étrange et déconcertant mouvement de la Terre. Un vapeur dérivait seul, lentement, dans le blanc sillage de ses roues à aubes. Enfin Genève revint à l'horizontale et disparut. Sous les pieds de Jérôme, quelqu'un retira la terre qui s'enfuyait comme un tapis roulant. Après les maisons de banlieue défilèrent une brève forêt, puis des champs plats et bien peignés, des arbres nains qui grandissaient à vue d'œil, de la terre meuble et une longue piste blanche. Jérôme ferma les yeux. Une, deux, trois secousses suivirent. Les moteurs grondèrent moins vite. L'avion roulait. Avec une grâce de pélican, il tourna sur une aile. Tassé, le paysage s'immobilisa…

C'était une fin d'après-midi comme on sait la faire seulement en pays neutre. Le Palais de la Paix déversait sur Genève sa cargaison de fonctionnaires à bicyclettes ou vautrés dans de grosses voitures pavoisées aux couleurs nationales et, pour les Britanniques, spécialement conduites par des jeunes filles rousses en uniforme. Après avoir déposé sa valise à l'hôtel, Jérôme remontait ce courant et respirait avec bonheur un air d'une transparente féerie. Les bars aspiraient régulièrement en les sélectionnant certains éléments de cette foule disparate qui traversait en hâte le pont du Mont-Blanc. Aux terrasses des cafés, des jeunes filles blondes et méprisant l'alcool buvaient des laits frappés à la fraise. Elles devenaient roses comme leur boisson dès qu'un homme s'approchait. Jérôme, se sentant divinement léger, se dirigea vers le Palais de la Paix par la promenade du bord du lac. Quelques rares voitures franchissaient encore la grille quand il s'en approcha. Le concierge le reconnut et le salua.

— Bonjour, dit Jérôme, pouvez-vous me dire à quelle commission travaille Mlle Constance Blakwitz ?

— Ah ! dit le gardien, Mlle Blakwitz est à la commission n° 3, au 2e étage, mais elle ne se prénomme pas Constance… Attention, Monsieur, une voiture qui sort…

Jérôme se gara. Une énorme voiture passait le porche. Il aperçut au fond la belle Constance, affectueusement appuyée contre l'épaule d'un diplomate brésilien. Elle l'aperçut également, esquissa un sourire tandis que le chauffeur accélérait.

— Il n'y a qu'une Mlle Blakwitz, répéta le concierge, un doigt sur son registre, mais je vous assure qu'elle ne se prénomme pas Constance.

— Hum, dit Jérôme, j'aurais dû m'en douter.

Sur le Léman, les cygnes attardés regagnaient le parc de l'île Jean-Jacques-Rousseau. Les enseignes au néon éclataient au-dessus du port et du Rhône. Un vapeur à aubes se détacha du quai, multicolore, enguirlandé de lumières, et commença de tourner en rond devant la rade, tandis qu'à son bord dansaient des Anglais et des Suisses allemands. En achetant un journal du soir, Jérôme lut en première page une sévère étude de six colonnes sur « l'Ostrogothie industrielle et traditionaliste » et en dernière page, en dix lignes, que M. Louis R., âgé de 24 ans, avait fait une mauvaise chute rue du Cloître, et, qu'« en tombant sur son "derrière", il s'était fracturé la colonne vertébrale » ! Enfin, tout au bas d'une autre colonne, il eut la satisfaction d'apprendre en trois lignes que l'accent de la Corrèze n'avait pas séduit l'Assemblée Nationale plus de quarante-huit heures et que, cet après-midi même, le Cabinet avait été de nouveau renversé. La mission de Jérôme s'achevait.

(*La Parisienne*, juillet 1953)

Un rêve
de Miss Patsy Rose

Telle une mouette, Miss Rose fendit l'air, portée par le faisceau blanc des projecteurs. On l'aperçut le temps d'un éclair et d'un silence. Le souffle coupé, on attendit sa réapparition. Cachée là-haut dans l'ombre du cintre, elle mesura son effet et reprit son souffle. À voix basse, elle compta les spectateurs du premier rang à gauche, à partir de la porte… onze… douze… treize… Ce soir, Dieu merci, c'était enfin un homme, et jeune avec un foulard jaune. À nouveau, elle plongea dans le vide, les yeux rivés au trapèze immobile. Miss Patsy Rose vivait deux secondes de bonheur parfait. Le jour, elle rêvait de ce saut fulgurant, et priait le magicien inconnu qui pétrifierait l'univers de l'arrêter en plein vol à cet instant suprême. Elle serait là ; femme-oiseau, ou si l'on veut, divinité de l'air, immortalisée par sa victoire sur la pesanteur. Le magicien ne se hâtait pas. Chaque soir, Miss

Patsy Rose décrivait sa trajectoire entière, et devait s'accrocher au trapèze. Alors elle fermait les yeux, grimpait à la force des poignets, s'asseyait sur la barre ronde et distribuait sourires et baisers à ces mille mains inconnues qui claquaient leurs paumes pour chasser le souvenir d'une angoisse atroce. Quand elle relevait ses paupières, les applaudissements prenaient fin et Miss Patsy Rose retrouvait son masque d'enfant pour glisser le long de la corde, saluer une dernière fois et, en trois bonds, gagner la sortie. Une habilleuse lui offrait les deux manches vides d'un peignoir de pilou bleu pâle. Frileusement, elle y cachait son corps en sueur et courait vers sa roulotte.

Ce soir, pourtant, Miss Patsy Rose revint sur ses pas et, entrouvrant le rideau, chercha le jeune homme au foulard jaune. Le treizième fauteuil était vide. Elle eut un petit choc au cœur. Depuis un an qu'elle se lançait dans le vide au commandement d'un coup de cymbale, pour la première fois un jeune homme occupait cette place. La fatalité avait longtemps voulu que ce fût toujours une femme ou un enfant. Il importait fort pour Miss Patsy Rose que le premier spectateur adulte et mâle du treizième fauteuil fût un jeune homme à foulard jaune. En prenant ce soir un visage nouveau et inattendu, le destin infligeait un démenti formel au pire cauchemar de Miss Patsy Rose. Pour s'assurer qu'elle était bien vivante, elle prit une longue inspiration, souffla bruyamment et se pinça la main. Il n'y avait pas de doute, elle était là tout entière. Après le travail, son corps pesait toujours un peu moins, mais ces quelques grammes perdus ne la feraient jamais douter de son existence terrestre.

Miss Patsy Rose laissa retomber la tenture de toile rouge derrière laquelle s'énervaient maintenant les clowns et le public. Elle avait un peu froid et courut jusqu'à sa roulotte où elle s'étonna d'avoir laissé la lumière allumée. Poussant la petite porte à volets, elle éprouva cette inquiétude timide et gênée des bourgeois qui surprennent un cambrioleur dans leur appartement.

Assis sur la couchette, il feuilletait un magazine et, au mépris de la loi formelle édictée par Miss Patsy Rose, fumait une cigarette. À la vérité, elle l'eût préféré d'un autre genre. Elle aimait les bruns et il était blond avec de larges yeux fendus jusqu'aux tempes. À la pointe du menton, s'annonçait déjà ce fameux coup d'ongle vertical que les années enfoncent peu à peu, au point d'en faire, pour certains agents secrets, une cachette inestimable.

Miss Patsy Rose frémit qu'il la vît dans cette tenue, oubliant que tout à l'heure, de son treizième fauteuil, il avait pu la contempler à peu près nue, et imaginer, sous le maillot rose, les courbes les plus secrètes de son corps. Pas folle, elle savait bien que les minutes qui suivraient décideraient de leur sort, de leur vie à tous deux. Il ne fallait être ni lâche, ni faible, ni orgueilleuse, ni dominatrice. Dès les premiers mots, elle risquait de tomber amoureuse de lui, comme le promettait encore le plus terrible de ses rêves. Aussi, avant même qu'il eût le temps de rencontrer ses yeux, retira-t-elle la cigarette des lèvres du jeune homme. L'odeur en était douce et blonde. N'importe, elle terminerait sa carrière dehors. Dans la nuit, et sur le sol de terre battue, la cigarette s'éteignit à jamais.

— Le pape, dit-elle, apparaîtrait que je ne l'autoriserais pas à fumer dans ma roulotte. Et pourtant j'aime le pape. Et avant chaque saut de la mort…

— … saut de l'ange… saut de l'ange…

— … avant chaque saut de l'ange, si vous voulez, je lui adresse une prière pour que, si je me tue, aucun spectateur ne s'évanouisse.

Le jeune homme blond n'avait dit que deux mots, mais les mots qu'il fallait et Miss Patsy Rose l'aimait déjà. Elle ne put retenir quelques larmes qui lui furent infiniment douces et s'assit à son côté, sur le rebord de la couchette. Gêné, il la regardait cacher son visage enfantin dans ses mains de trapéziste, des mains un peu trop fortes. Le peignoir s'entrouvrait, découvrant un genou rond et rose, et une cuisse pleine et lisse que, distraitement, le jeune homme blond parcourut de l'index. Bientôt, il la caressa des deux doigts, puis du plat de la main. Bien que fils de sous-préfet, il n'avait jamais caressé une cuisse aussi belle. Miss Patsy Rose était heureuse et bien que ses larmes fussent séchées depuis longtemps, elle mimait encore les sanglots pour mieux jouir de cette première caresse. Un soir de paye, elle avait giflé le dompteur qui cherchait à lui voler un baiser. Pourquoi le jeune homme blond restait-il si discret ? Le voilà qui parlait maintenant. Elle le vit remuer les lèvres sans qu'aucun son n'en sortît, puis un peu plus clairement lui parvinrent les mots qu'il prononçait :

— Mon nom est Gérard, je suis né un 4 août et je vous aime pour vous avoir vue en rêve. Vous étiez telle que tout à l'heure, dans l'air. Je dis en rêve, mais il s'agit plutôt d'un cauchemar. Enfin d'un cauchemar qui se termine heureusement puisque votre chute m'est un prétexte à tendre les bras et à vous recueillir légère, mais tout de même un peu inquiétante.

La chute de l'ange ?… Miss Patsy Rose poussa un soupir de soulagement et retira son visage de ses mains :

— Moi aussi, je vous ai connu en rêve ou plutôt en cauchemar. Je vous voyais souriant tandis que je dévalais le néant, sans aucun espoir de m'accrocher à la queue d'une météorite ou même à l'anneau de Saturne. Et pourtant tout à l'heure, de mon perchoir, alors que je distinguais à peine votre visage, je n'ai pas eu peur de manquer le trapèze. Je pense que je vous aime aussi. Il faudra demander ma main au directeur du cirque, mon père.

Gérard esquissa un vague geste qu'elle interpréta bien et que nous interpréterons mal. Pas cynique, mais un peu superstitieux, il se voulait fonctionnaire comme son père. Miss Patsy Rose symbolisait le grain de folie que tout homme raisonnable se doit de planter une fois (pas plus) dans sa vie.

L'instant restait inoubliable. Muets, ils se regardaient dans les yeux, uniquement occupés à aiguiser leurs deux désirs.

Cette nuit-là, Gérard se jura de faire de la jolie trapéziste, nonobstant son père, sa mère et son avenir, une sous-préfète de toute beauté.

Ils se réveillèrent sur la Nationale 7, vers huit heures. On avait attaché la roulotte au convoi qui suivait la route au petit train de ses camions. Ayant dormi sur la couverture, ils se retrouvèrent nus et charmants, leurs corps pâles baignés dans la lumière du premier matin.

À l'étape, il fallut bien se montrer et Miss Patsy Rose essaya, avec une jupe grise, une gamme de verts qui plurent à Gérard. Il aimait ces socquettes, ce chandail et ce foulard qui s'accordaient si bien à la prunelle de sa maîtresse et se trouva pauvret dans son costume bleu à rayures. Elle lui trouva une salopette de mécanicien.

Dans cette tenue il demanda au père la main droite de Miss Patsy Rose. Ainsi aurait-il les deux, fier d'avoir cueilli, de lui-même, la main gauche où, en souvenir, elle garderait l'anneau de leur mariage. Homme heureux, le directeur du cirque aimait sa fille. Il crut l'histoire incroyable du rêve, et donna son consentement. Comme ils étaient sans domicile fixe, et qu'on se trouvait dans la ville où justement était née Miss Patsy Rose, le maire ne fit pas de difficultés pour les marier sur-le-champ. Il n'y eut pas de banquet, mais le soir, représentation comme d'habitude. La tente dressée sur la grande place de la Respectueuse s'emplit dès neuf heures de spectateurs attirés par le Saut de la Mort de Miss Patsy Rose, de retour d'Amérique, où elle n'était jamais allée. Son mari tout neuf occupait le treizième fauteuil. Il le fallait pour que fût définitivement conjuré le sort du mauvais rêve. Ayant appris que le sous-préfet, ami de son père, serait présent ce soir, il avait quitté sa salopette, revêtu à nouveau son costume bleu à rayures et entouré son cou du fatidique foulard jaune. Grâce à quoi, il eut droit à un salut amical et à peine étonné de l'honnête fonctionnaire. Gérard répondit d'une inclinaison du buste, mais le sang lui montait à la tête.

Là-haut, dans les cintres, le cœur d'une future Madame la sous-préfète battait à tout rompre. Voyant Gérard habillé comme la veille à son arrivée, elle crut que le retour au costume bleu et au foulard signait sa propre mort ou du moins le départ de son premier et dernier amant. Elle compta jusqu'à vingt, puis recommença trois fois. Le silence était tel que le public entendait les battements précipités du cœur de Miss Patsy Rose. Bientôt ces chocs sourds qui endolorissaient son sein gauche prirent une telle intensité que les spectateurs se bouchèrent les oreilles pour ne plus les entendre. Seul Gérard, les yeux fixés sur elle, qu'il discernait à peine, n'entendait rien. Son cœur battait aussi fort et au même rythme que celui de Miss Patsy Rose qui prit enfin son élan et, les yeux clos, traversa le faisceau des projecteurs, et agrippa le trapèze. Personne d'autre que Gérard n'entendit son soupir de soulagement. Maintenant, là-haut, Patsy déploya des grâces, distribua baisers et sourires, avant de regagner la piste, glorieuse et de nouveau pure comme son propre ange gardien. La règle du cirque voulant que les artistes, après leur numéro, quittent la piste en trois bonds et disparaissent derrière le rideau, Miss Patsy Rose plus légère que l'air, au troisième saut vers la sortie, se tordit la cheville dans la sciure épaisse et tomba en avant, le front contre la bordure de la piste. Un flot de sang vermeil couvrit son visage sur lequel une nuit d'amour et deux minutes d'angoisse n'avaient même pas su tracer une ride. Son dernier mot fut pour demander le peignoir de pilou bleu pâle.

Gérard, garçon d'avenir, était libre...

(*Ici France*, août 1947)

Une nuit à Formentera

Le *Manolito* actionna sa sirène tandis que nous croisions une tartane noire aux voiles rapiécées, chargée à ras bord de sel gris. Elle voguait vers Barcelone ou Palma, conduite par un équipage de quatre hommes à peine qui, au passage, nous saluèrent du bras. En maillot de corps rayé, pantalons collants et le crâne serré dans des foulards, ils avaient l'air d'authentiques matelots de la vieille école. Je songeais un instant que c'est avec eux que j'aurais aimé m'embarquer au lieu d'emprunter ces bateaux à moteur qui partaient et arrivaient à heure fixe. Ces hommes que j'enviais ignoraient le temps. Ils dormaient sur le pont de leur tartane et se nourrissaient de gros pain blanc trempé dans l'huile d'olive, d'oignons et d'oranges qui donnaient à leur souffle, quand on leur parlait dans les bistrots d'Ibiza, une odeur aigre et douceâtre à la fois.

Je pensais un instant au cri de Rimbaud :

« Oh la vie d'aventures qui existe dans les livres des enfants, pour me récompenser, j'ai tant souffert, me la donneras-tu ? »

La mort du pittoresque a sonné le glas de la vie d'aventures. Restent les îles. Formentera prenait forme. Je distinguais le port et ses maisons blanches, des pinèdes et, à ras de l'eau, des demi-lunes de sable jaune. Nous approchions du môle surmonté par une grosse lanterne rouge. Le *Manolito* courut sur son erre à la surface d'une eau huileuse aux teintes pastel. Les barques de pêche étaient presque toutes au mouillage, et sur le quai s'étendaient les longs filets que des femmes ravaudaient, assises au soleil, un mouchoir sur la tête.

Notre bateau se cabra, exécuta un savant demi-tour avant d'accoster. Deux hommes en salopette saisirent au vol les amarres et les enroulèrent autour de deux bittes de pierre. Pour ce faire, ils avaient dérangé un personnage tout en noir qui s'y appuyait. Chapeau mou noir, cravate noire, costume noir et luisant aux genoux, le personnage me rappelait si vivement quelqu'un que je fus, un instant, tenté de lui faire de loin un signe de la main. Mais non, ce ne pouvait être qu'une ressemblance, une de ces fugitives intuitions que balaye le souci de retrouver une image plus précise. Notre capitaine sautant à quai lui tendit ses papiers. On mit une passerelle et les paysannes jacassantes s'y risquèrent en poussant de petits cris. J'allai passer le dernier quand je sus tout d'un coup l'origine de ce curieux corbeau. Je ne l'avais vu nulle part. Je l'avais « lu » dans Gobineau, très exactement dans l'admirable nouvelle intitulée *Akrivie Phrangopoulo*. Le décor se prêtait à la confusion avec une certaine perfection. Certes, je ne me trouvais qu'aux Baléares, et non dans le paradis des Cyclades, mais si je ne connaissais pas encore les îles grecques, je pouvais me les imaginer d'après ce village blanc et chaotique comme une mechta, cette colline frissonnante couronnée de pins parasols. Et le personnage qui faisait l'important sur le quai aurait tout aussi bien pu être M. Dimitri de Moncade, agent consulaire de Sa Majesté britannique, ou l'excellent M. Nicolas Phrangopoulo, consul des villes hanséatiques. Malheureusement, je n'étais pas le capitaine Henry Norton, commandant la corvette de guerre *Aurora*, jeune et fringuant officier anglais. Je n'étais qu'un touriste un peu las qui répondait par monosyllabes aux intrus. Mon bateau ne s'appelait pas l'*Aurora*, mais le *Manolito*, et il aurait fallu une extraordinaire imagination pour faire de ce rafiot crasseux, aux voiles rapiécées, une superbe corvette messagère du bonheur.

Le personnage en noir rendit ses papiers au capitaine et daigna enfin me jeter un regard. Formentera ne possédant pas d'hôtel, les visiteurs y étaient plus que rares. Je dus lui paraître insolite car si, à la rigueur, on pouvait loger chez l'habitant, je n'y semblais guère préparé. Pas de bagages, les mains dans les poches, une veste de cuir. Aux yeux des Espagnols qui s'embarrassent toujours de paquets hétéroclites au moindre trajet, je pouvais passer pour suspect. D'un geste autoritaire, l'homme rappela le capitaine du *Manolito* et me désigna du doigt. Je tournai le dos, laissant derrière moi leurs explications. On m'avait promis une barque à moteur pour le soir, le courrier ne revenant à Ibiza que deux jours plus tard.

J'avais donc une journée devant moi, une journée, les mains dans les poches, à parcourir la Formentera, avec l'idée puérile, surgie au débarquer, que je risquais d'y découvrir ma jeune fille grecque, mon Akrivie à moi. Je m'élançais dans une ruelle qui devait être la grand-rue. Le maïs et les piments séchaient aux fenêtres, alignés en guirlandes rouges et jaunes. Il y eut quelques maisons aux portes ouvertes sur des intérieurs de terre battue, puis tout de suite une route, ou plutôt une piste, qui grimpait à travers une pinède. J'allais m'y engager quand je me rappelai à temps que c'était l'heure où je devais avoir faim. En passant dans la grand-rue j'avais aperçu une enseigne : *Vinos de todas clases.* On m'y servirait bien du vin du pays et un peu de pain blanc et des olives. La boutique était fermée par un rideau de tulle vert. Comme dans les autres îles, il fallait, pour entrer, descendre quelques marches avant de se trouver dans une demi-cave obscure et fraîche. Mon entrée fit taire un couple de canaris dont la cage se balançait au-dessus de la porte. Dans l'ombre, il y avait là quelques tables de gros bois, des bancs, un comptoir et, devant ce comptoir, une petite vieille qui attendait, son cabas ouvert à deux mains. Derrière le comptoir s'agitait une personne que je ne pouvais voir. Je m'assis et presque aussitôt apparut en face, coupé à hauteur des seins par le zinc, le buste d'une jeune femme. Elle tendit deux bouteilles à la vieille, qui remercia en patois et sortit après avoir gratté la cage des oiseaux restés silencieux. Puis l'apparition se tint devant moi, tout entière cette fois. Sa beauté insolite me serra la gorge et je me levai d'instinct pour être à sa hauteur, et mieux voir ce visage auquel l'ombre adoucie de la pièce prêtait une noble gravité.

Il n'est pas rare dans des coins perdus de rencontrer un enfant dont la beauté confond, de ces êtres nés par miracle dans des maisons sordides, des caves tristes, des fermes puantes. Leur grâce est inexplicable. Il s'agit là d'une erreur de la création, d'un mystère presque divin. Mais repasse-t-on quelques années plus tard, le visage du garçon s'est piqueté de barbe, la taille de la fille s'est épaissie. Seuls les yeux, que la graisse n'a pas toujours envahis, gardent le témoignage du passé. Le miracle n'a pas duré. Pourtant, j'avais devant moi un visage dont l'ovale blanc encadré de lourds cheveux bleus tressés en natte dans le dos à la mode du pays resplendissait d'une beauté rare. Si forte était encore l'illusion de me trouver au cœur de la nouvelle de Gobineau que je ne pus murmurer qu'un mot :

— Akrivie !

— *¿ Que quieres ?*

Elle ne comprenait pas et souriait gênée en posant sa main sur la table. Alors je vis qu'elle aussi était vêtue de noir des pieds à la tête. Statue du deuil, mais statue aux formes tendres. La poitrine se soulevait doucement, la taille s'inclinait avec grâce.

Le mot lâché, je me trouvai d'une grande bêtise.

— Je voudrais du pain, du vin, quelques tomates, peut-être un fruit si vous en avez.

Quelques instants après, j'avais devant moi

des tomates, de l'huile rance, des oranges et même un peu de fromage au goût plâtreux. Le vin, dans un pichet, me parut aigre. Je mordis la mie épaisse comme de l'éponge. Manger était encore le meilleur moyen de recouvrer ses esprits pendant que la silhouette noire zigzaguait autour de moi. Elle repoussait les bancs, essuyait les tables, rangeait le comptoir. Quand elle eut fini, elle s'approcha du rideau de tulle et le releva. Une bouffée de jour entra et je la vis de profil, mince comme un jeune arbre, prenant une cruche d'eau et la versant dans une cuvette accrochée au mur. Retroussant ses manches, elle lava ses mains et ses bras nus, puis les tendit à la lumière pour les essuyer, avec une serviette blanche. Jamais je n'avais vu de gestes plus lents, plus nobles, plus empreints d'indicible grâce. La serviette posée, elle s'assit sur une marche de l'entrée et, sans plus prêter attention à moi, se mit à parler aux oiseaux. Les deux canaris se rassemblèrent sur un perchoir, semblèrent l'écouter un moment, puis reprirent leur gazouillis interrompu. Je ne comprenais rien à cette conversation, mais dans une bouche aussi belle le majorquin me sembla une langue d'une extrême douceur. Il y avait des sons mats, des sons creux, des inflexions tendres, un vrai ramage. Les canaris perdirent la tête. Leurs cris se firent perçants et la jeune femme (ou fille ?) sourit en me regardant :

— Il faut beaucoup leur parler, dit-elle en espagnol, sinon ils s'ennuient. Je crois aussi qu'ils voudraient se promener, mais si on leur ouvre la porte, ils ne savent pas retrouver le chemin de leur cage. Que voulez-vous, ils n'ont que des cervelles d'oiseau !

Je m'approchai pour examiner les canaris. Ils avaient tous deux une plume blanche sur le sommet du crâne. Ma présence les fit taire.

— Ce n'est pas de votre faute, dit-elle. On voit si peu d'étrangers ici. Avez-vous terminé ?

Elle tendait vers moi son visage nu aux lèvres ourlées presque mauves. Cette fois, je distinguai la couleur des prunelles : pas marron, mais vieux cuivre avec des reflets roux. Le sourcil épais diminuait encore le front court sur lequel étaient plantés bas des cheveux drus comme ceux d'une Mauresque. Je payai et sortis dans la rue. Des enfants jouaient. Leurs exclamations me tirèrent de mon engourdissement. Je repris le chemin de la pinède. L'odeur de la mer avait déjà disparu. Je respirai le parfum de ces pins parasols aux troncs nus et sveltes couronnés d'une sorte de houppette dont le vert éclatant tranche sur le ciel bleu. La marche me rendit de ces rythmes qui accompagnaient autrefois mes sorties de soldat, ces centaines de vers d'Apollinaire, de Valéry, de Chénier que nous échangions, P. et moi, pour attendre la pause, et ne pas toujours ressasser notre rage à nous trouver le sac au dos, écrasés par la bêtise des sous-officiers, enfermés dans un univers grégaire quand le monde entier vivait autour de nous. Je retrouvais soudain, après quinze ans de silence, le Mal Aimé, Narcisse, le Prince d'Aquitaine à la tour abolie, et aussi Myrto la jeune Tarentine : « Pleurez, doux alcyons, ô vous, oiseaux sacrés... », parce que ces vers me semblaient parler de la créature que je venais de quitter. Il n'y manquait qu'un détail : Chénier a fait de Myrto une divine blonde. Il est triste que la poésie classique, depuis Yseult, n'ait guère chanté que des blondes, et qu'il faille attendre Baudelaire pour rencontrer des héroïnes à la chevelure sombre. Mais ces compagnons reconnus après une longue absence m'allégeaient l'âme et lui glissaient en sourdine une mélancolie délicieuse. C'est cela que j'appelle être bien : une façon rare et allègre de se retrouver avec ses vrais amours que la vie quotidienne et la maturité engloutissent sournoisement. Je faisais des rêves absurdes. Je me disais qu'au retour je réciterais ces vers à la jeune fille (car déjà dans mon esprit ce ne pouvait plus être qu'une jeune fille). La Graziella de Lamartine se rappelait à moi, laissant tout d'un coup la bride à une imagination romantique dont la naïveté est une délicieuse source de rajeunissement. Que n'inventerait-on pas autour d'un sujet pareil ? Je voyais cette nouvelle Akrivie transplantée à Paris, quittant sa robe de grossière toile noire, ses bas de fil, ses espadrilles de corde pour des vêtements civilisés. Je la devinais à l'avance, muette, intimidée devant tous ces gens qui ne parleraient que de choses auxquelles elle n'entendait rien, mais le soir, au retour, jacassant seule avec moi, comme elle le faisait à Formentera avec ses oiseaux, me racontant dans le détail tout ce qu'elle aurait compris de ce monde à l'envers où je la transplanterais. Je prévoyais les réflexions des uns : « Elle est belle, mais complètement idiote », ou des autres : « Gentille petite paysanne, mais le feu couve. D'ici un an, elle sera dans la circulation ». Je me plaisais tant à ce jeu que j'en oubliais le désastre (décidément, je ne l'écrirai plus qu'avec un petit « d »), je l'oubliais à cause d'un nouveau regard. Je voulais ignorer que ce désastre me guetterait encore longtemps, comme un traître au coin d'une rue, au détour d'un souvenir.

Après la pinède, la route de terre rouge aboutissait à un long plateau verdoyant, découpé en rectangles et en losanges cernés par des murs de pierraille à la crête soulignée d'un trait de chaux. Un vent léger passait sur ce jardin. Pas un être humain à l'horizon. Tout autour la mer avait pris une teinte d'un bleu plombé qui contrastait avec le ciel encore impalpable. À deux ou trois kilomètres, s'élevait une église blanche au clocher à jour. Je l'atteignis très vite. La porte s'ouvrait sur un retable doré d'où un saint François-Xavier de bois colorié bénissait la nef vide. Quelques lys jaunissaient aux pieds de la Marie du Carmen. Régnait là une telle paix que j'éprouvais un court instant l'illusion d'avoir atteint un sommet. Ce n'était qu'un bref repos, mais sous l'œil assez terrible de saint François-Xavier, le regard mort d'un Christ sanglant, et grâce au sourire puéril de la Vierge, je me disais que l'homme n'est pas toujours abandonné, qu'il sait parfois se retrouver pour aimer ses propres songes. Je demeurai là un long moment avant de reprendre mon chemin. Formentera comptait encore de grands étangs bleus ardoise, deux pueblos naïfs aux maisons fleuries de camélias. Je passai mon après-midi sur les chemins qui longent la côte. Les plages étaient désertes, l'eau du cristal.

Le soleil était bas à mon retour au port. La barque prévue pour me ramener devait être prête vers les 6 heures. J'avais le temps de revoir la jeune fille aux oiseaux. Je la trouvai de nouveau seule sur les marches, parlant avec ses canaris. Elle me servit du vin frais et des oranges. Le jour baissait et, dans cette demi-cave, elle dut allumer une lampe à acétylène qui éclaira la pièce pauvre d'une lumière si crue que j'en fus d'abord aveuglé. Les canaris se taisaient. Du doigt, elle gratta les barreaux de la cage, mais les oiseaux s'effarouchèrent et refusèrent de chanter.

— Ils sont bêtes, dit-elle.

— Comment les appelez-vous ?

— Maria et José. Maria, c'est moi. José, c'est mon fiancé. Il me les a donnés.

Je m'étonnai de n'en éprouver nul pincement au cœur, comme si un fiancé demeurait incapable d'altérer en rien la beauté de cette créature au visage si doux. La voix avait des accents rauques et d'autres très suaves.

— Quand allez-vous vous marier ?

— L'année prochaine. José sera nommé inspecteur du port d'Ibiza. Nous aurons une belle maison dans la ville. Vous ne voulez pas de fromage comme ce matin ?

J'aurais goûté à tout pour lui faire plaisir, pour prolonger ce tête-à-tête inespéré. Elle m'apporta une assiette et du pain.

— Allez-vous rester longtemps ? demanda-t-elle.

— Non, je suis venu avec le *Manolito*, et le capitaine m'a promis une barque à moteur pour me ramener à Ibiza.

— Vous en êtes sûr ?

— Oui, pourquoi ?

— Parce qu'on nous a signalé un banc d'anchois cet après-midi, et tout le monde est parti. Ils vont pêcher la nuit entière, peut-être même aussi la journée de demain.

— Ma barque est retenue.

— Je ne sais pas qui a promis de vous ramener, mais il gagnera certainement bien plus d'argent en pêchant. Il ne faudra pas compter sur lui.

— Alors, je resterai cette nuit.

— Personne ne vous attend ?

— Personne.

Elle sourit. Une petite vieille entra et Maria lui parla en majorquin. Qui avait pu inspirer la noblesse et la rondeur de ses gestes ? Il était impensable que, née dans ce coin perdu de la Méditerranée, élevée peut-être dans cette maison même, vouée jusqu'à son mariage à servir de bonne dans cette pauvre *bodega*, elle eût d'instinct acquis la grâce que tant de femmes mettent des années de volonté à rejoindre. Ses vêtements sombres eux-mêmes, au lieu de l'effacer, prêtaient à son corps mince, presque plat, une admirable gravité tragique. Il ne me venait pas de désir en la contemplant ainsi, mais une muette émotion esthétique. Il y avait elle, puis la Marie-Madeleine du Perugino au palais Pitti, peut-être encore la sainte Cécile de Raphaël, avec lesquelles je me trouvais en parfaite harmonie. Ce devait être à peu près tout, et cela venait de très loin au fond de moi, d'une conception innée de la beauté qui se meut dans des ombres et refuse toute explication claire.

La petite vieille une fois partie, j'alignai des pesètes crasseuses sur la table.

— Merci, dit-elle. Si vous ne repartez pas ce soir, demandez à mon fiancé sur le port, il vous aidera. Vous le reconnaîtrez facilement, il est en deuil de sa mère. Il s'appelle José Mazas.

De la lumière crue, je passai au crépuscule. Les maisons blanches se teignaient de mauve. Le port était désert. Toutes les barques avaient fui vers le large. On avait ramassé les longs filets rouillés qui tachaient le quai. J'allai vers le *Manolito* et appelai mon capitaine. Il surgit de la cale, couvert d'huile, me reconnut et leva les bras au ciel. Maria prévoyait juste ! Plus un bateau dans le port. Je faillis le remercier. Depuis ce matin, une conspiration légère tissait des fils autour de moi et j'allai me laisser emprisonner avec une inquiétude qui frisait le plaisir. On me désigna le bureau où se trouvait José Mazas. Ce n'était qu'une baraque sordide, avec un classeur, un portrait de Franco et une table surchargée de tampons derrière laquelle trônait mon homme en noir, le chapeau mou vissé sur la tête. Je le présumai chauve, quadragénaire, souffrant de transpiration. Sous la peau des joues et du menton, la barbe dessinait une grosse ombre bleue. Les lèvres étaient minces, les yeux comme des vrilles.

— Vous avez un passeport ? me demanda-t-il.

— Non, je l'ai laissé à Ibiza où je comptais rentrer ce soir.

— C'est ennuyeux. Le règlement…

— Il y a des cas de force majeure.

— Vous me donnerez votre identité et je vais essayer d'arranger ça. Mais il faudra me dire où vous comptez passer la nuit.

— Je n'en ai pas idée puisqu'il n'y a pas d'hôtel.

— Vous iriez chez l'habitant ?

— J'espérais un peu que vous me conseilleriez.

Il parut réfléchir et son ton d'ailleurs s'adoucit comme s'il avait fait preuve d'autorité pour me montrer, sans danger maintenant, quelque bienveillance.

— A priori, je ne vois pas. Je ne suis pas d'ici. Je suis de Valence.

C'était donc cela qui décidait Maria : épouser un terrien, un fonctionnaire. Je le détestai. Il passa sa main grasse sur son menton qui crissait.

— Ma fiancée a peut-être une chambre libre dans sa maison, dit-il. Évidemment c'est un peu rustique, mais pour une nuit…

— Peu importe, je dors n'importe où.

Quelques minutes après, nous arrivions au magasin de Maria. Des vieillards avaient rempli la salle qui sentait déjà la vieille pipe. Elle me vit arriver, me jeta un regard bref et si net que je compris aussitôt qu'elle était déjà au courant. Oui, elle aurait une chambre, celle de ses parents, sa grand-mère et elle dormant ensemble dans la pièce à côté. Nous montâmes un étage, par un escalier de bois, une bougie à la main, car la nuit d'hiver venait de tomber d'un seul coup. Elle ouvrit une porte et la lueur dansante éclaira un lit de bois ciré, un édredon couvert de dentelle. Au mur, un christ, une image pauvre de la Vierge, l'odeur de la cire d'abeille stagnait dans la pièce.

— C'est très bien, dis-je. Merci.

Derrière nous, José Mazas, un peu essoufflé, exprima son contentement.

— Nous sommes dans une très petite île. Mais c'est propre. Vous pourrez dormir et demain matin vous aurez à peu près sûrement un bateau.

Nous redescendîmes et dans la bodega j'offris un verre de mauvais anis à José pendant que Maria servait les clients. Il ne connaissait pas la France, mais en avait des nouvelles par son cousin qui vivait à Paris. Un mauvais cousin, un rouge qui, d'ailleurs, ne rêvait que de revenir à Valence. Je n'étais pas communiste au moins ? Je le rassurai à regret. J'aurais eu tant de plaisir à lui faire peur. Il me quitta vers les 8 heures, au fond très fier de s'être montré si longtemps avec un étranger. Tout autour de nous, les vieillards discutaient lourdement en majorquin. Maria, assise à côté de son comptoir, tricotait une chose noire que je distinguais mal. De brèves ombres passaient sur son visage qui ne cillait pas. Je lui dis que j'allais prendre l'air et que, vers 9 heures, je monterai me coucher.

— C'est très bien, dit-elle, je ferme à cette heure-là.

José lui passa la main sur la joue. Elle sourit avec reconnaissance et humilité. Puis l'homme et moi nous descendîmes et je le quittai sur le môle pour aller contempler la mer d'encre que tachaient les lumières jaunes et clignotantes d'une trentaine de barques alignées au large. En une nuit, les pêcheurs gagneraient leur vie d'un mois. Je ne pouvais pas en vouloir à celui qui avait rompu son engagement. D'autant plus que j'allais dormir sous le toit de Maria et que mon imagination avait déliré toute la journée autour de cette étonnante créature si semblable à l'Akrivie Phrangopoulo inventée par Gobineau pour le bel Henry Norton. Inventée ? Ce n'est pas si sûr. Pourquoi n'aurait-il pas, comme moi, au cours d'une excursion dans les Cyclades, rencontré un visage candide, tout empreint du « calme charmant de la sérénité » ? Oui, c'était cela, je retrouvais maintenant les mots mêmes qui me manquaient pour refaire de mémoire le portrait de la belle Akrivie, « modestement vêtue d'une robe de cotonnade brune à pois blancs… Rien de plus austère ». Dans cette nuit humide et fraîche, sous ce ciel sans lune à peine semé d'étoiles, il aurait pu me venir des pensées sur les mystérieuses rencontres de la littérature et de la réalité, sur la façon dont la première rejoint la seconde contre toute vraisemblance, mais ce n'était pas encore l'année. Je devais découvrir plus tard, une fois mon attention éveillée par plusieurs signes de ce genre, combien les choses que nous écrivons avec le secret espoir de les voir un jour prendre corps influent sur notre destin.

Me promenant un long moment au bord de la mer dont on entendait le ressac léger, je pensais à tous ceux qui, d'ordinaire, composent ma vie. Paris devait être glacial, et ils se précipitaient d'un restaurant dans un cinéma ou une boîte, ils continuaient avec acharnement une vie avec laquelle j'allai rompre d'ici un an ou deux – je le sentais déjà –, parce que la paix revenait et que je n'avais plus besoin des mêmes folies. Aucun d'eux ne pouvait m'imaginer, à cette heure, marcheur solitaire, l'oreille attentive au bruit des vagues, humant toutes les odeurs marines que la nuit vivifiait, rêvant à une vie si romanesque que c'en était ridicule. Mais comment se détruit-on le mieux : en bâtissant des songes impossibles ou en brûlant tout ? Un jour, je le saurai. Ce qu'il importait de souhaiter, c'est que ce ne fût pas trop tard.

Je regagnai les maisons pauvrement allumées. Les insulaires se barricadaient contre la fraîcheur de la nuit. Maria était en train de nettoyer la salle du bas, où les vieux avaient laissé des ronds de vin. Assis sur une chaise, José la regardait faire. Il avait ôté son chapeau noir et je pus constater qu'effectivement il était affligé d'une vilaine calvitie irrégulière. Auprès de la jeune fille son air rogue l'abandonnait. Nous bûmes un vin aigre et je manifestai l'intention de me coucher. Ce fut elle qui me précéda, une bougie à la main.

— Voilà votre chambre. Il y a de l'eau dans la cruche. Je pense que vous aurez assez de couvertures. Le matin est froid, même avec du soleil. Bonsoir.

Je l'entendis redescendre à tâtons, mais ne me déshabillai pas. La fenêtre ouvrait sur la ruelle étroite et sombre. Je n'eus pas longtemps à attendre. Des voix étouffées montèrent devant la porte et je distinguai deux silhouettes, Maria et José. Il y eut de petits cris, des « non » lâchés les dents serrées. Il me sembla qu'ils luttaient un instant, puis José, lâchant la jeune fille réticente, s'élança en courant dans la ruelle. Quand elle fut sur le palier, je collai mon oreille à la porte : Maria haletait. J'ouvris brusquement. Jamais, non, jamais je n'oublierai son visage pâle et bouleversé que la lueur de ma bougie rendit encore plus effrayant.

— Qu'y a-t-il ?

— Rien, dit-elle. Je pensais que vous dormiez déjà.

— Non. Je ne peux pas dormir.

— Pourquoi ?

— Je vous l'expliquerai si vous consentez à vous asseoir là, sur une marche, avec moi.

— Je ne vous connais pas.

— Moi non plus.

— José n'aimerait pas que je vous parle ainsi. Et puis je ne sais rien dire.

— Vous n'aurez rien à dire.

Comment avons-nous parfois l'intuition que c'est le moment ou jamais de s'exprimer, que l'avenir ne saura plus nous donner l'occasion merveilleuse de communiquer à un être tout ce dont notre cœur déborde. Je dus en paraître si convaincu que Maria obéit et s'assit une marche plus bas que moi.

— Il ne faut pas élever la voix, dit-elle. Ma grand-mère dort et elle est si vieille qu'un rien la fait sursauter.

— Il n'y a que vous qui m'entendrez, Maria. Je voulais seulement vous poser une question. Pourquoi êtes-vous si belle ?

— Mais je ne suis pas belle. Je n'ai pas de robe. Je ne sais rien. Mes parents sont morts il y a deux ans et j'ai dû travailler tout de suite. Tout ce que je sais, c'est José qui me l'apprend.

— Alors pourquoi ne voulez-vous pas vous laisser embrasser par lui ?

— Nous ne sommes que fiancés. Il est trop

pressé. C'est un homme de la ville. Et puis, comment savez-vous ?

— Je vous ai vue de ma fenêtre.

— Il faut éteindre la bougie, dit-elle. S'il venait, il verrait du dehors que je ne suis pas dans ma chambre. Il nous tuerait.

Nous étions donc complices. Je soufflai la bougie, et allumai une cigarette qui rougeoya dans l'escalier. Le souffle de Maria s'apaisait. Elle avait vaincu sa propre peur.

— Vous ne l'aimez pas ?

— Si. C'est un homme très intelligent. Dans un an, il sera nommé à Ibiza. Après, nous irons vivre à Valence.

— Et si je vous disais le contraire, si je vous disais que c'est un imbécile.

— Vous n'avez pas le droit. Et d'abord qui êtes-vous ?

— Quelque chose qui ne vous dira rien : un écrivain.

— Dans l'administration ?

— Non.

— Ah ! C'est peut-être très bien. Je ne sais pas. Il ne faut pas me dire que José est un imbécile. Vous mentez.

Tard dans la nuit, nous nous séparâmes. Un instant encore, je vis, à la lueur de la bougie, cette silhouette noire dont les yeux mangeaient tout le reste du visage. Je faillis avoir pitié d'elle et tenter de la prendre dans mes bras, d'esquisser ne fût-ce qu'un geste vers sa main qui tremblait. Mais c'eût été tout détruire ou plus exactement effacer tout ce que je venais de détruire avec un acharnement, une inspiration que je ne me soupçonnais pas. Que restait-il à cette humble fille, à cette sublime beauté ? L'enveloppe molle et vidée par mes soins de son fiancé et, pire que tout, la révélation de l'extrême poésie qui émanait sourdement d'elle. Qui lui parlerait jamais ainsi de ses yeux, de sa voix, de sa bouche, de l'odeur de ses cheveux, de la perfection de son genou et de sa cheville ? Et ce que je ne savais pas d'elle, je l'avais inventé avec tous les mots qui me revenaient du fond des ans, tous ceux que j'avais prêtés aux unes et aux autres. Ainsi Maria savait maintenant que la beauté en soi, la beauté pure est un trésor que les hommes ne paieront jamais assez cher, et que leur donner bêtement ce trésor sans les avoir humiliés, piétinés, bafoués, vidés de leur sang et de toutes leurs autres pensées, c'est s'offrir en victime. Si elle ne le comprenait pas le jour même, elle pressentirait la terrible vérité de ces révélations. J'éprouvais la joie atroce d'avoir détruit un bonheur. Cette nuit-là, je ne dormis pas et guettai l'apparition du jour par les fentes des volets. Il tarda et demeura un long moment grisâtre et triste. Quand je descendis après m'être aspergé d'eau froide, je ne trouvai pas Maria dans la salle du bas, mais une petite vieille en costume de l'île.

— C'est vous, le Français ? dit-elle. Maria m'a dit de vous préparer un café.

— Où est-elle ?

— Oh ! elle est partie pieds nus prier saint François-Xavier. Elle ne reviendra que ce soir. José est passé. Il y a une barque qui vous attend au port.

Je payai et sortis le cœur serré. Sur le port, j'aperçus José Mazas, toujours en noir et chapeauté, qui feignit de ne pas me reconnaître. Je le méprisais avec délectation. On me conduisit vers un patron pêcheur dont la barque sentait encore la poissonnaille fraîche. Peu après nous doublions le môle et je vis s'éloigner le port, la grande pinède. Formentera s'étala lentement à la surface de l'eau. Un court instant, avant que nous obliquions vers le chenal, j'aperçus au sommet de l'île la petite église blanche dont les tours fortifiées dominaient les bois de pins. Comment priait Maria ? À genoux, le visage enfoui dans les mains. Je pouvais être tranquille : aucun secours ne viendrait d'en haut. J'avais massacré un bonheur bancal. Je l'avais massacré pour rien, pour l'honneur, pour le plaisir raffiné de ne laisser derrière moi qu'une ruine, et parce que ceux qui ont perdu un jour l'espoir ne supportent pas que d'autres en arrivent, par le jeu stupide des mensonges et des illusions, à cette lente agonie.

(*Le Figaro littéraire*, octobre 1957)

DU MÊME AUTEUR

Aux Éditions Gallimard

LE BALCON DE SEPTSAÏ (« Folio », n° 1524)

UN PARFUM DE JASMIN, *nouvelles*, (repris dans « Folio », n° 5216)

LES PONEYS SAUVAGES, *roman*. Prix Interallié. Nouvelle édition revue et corrigée avec une note de l'auteur en 2010 (« Folio », n° 5564)

UN TAXI MAUVE, *roman*. Grand Prix du roman de l'Académie française (« Folio », n° 999)

LE JEUNE HOMME VERT, *roman* (« Folio », n° 2858. Nouvelle édition augmentée d'une préface de l'auteur)

LE JEUNE HOMME VERT – LES VINGT ANS DU JEUNE HOMME VERT. Édition en deux volumes

THOMAS ET L'INFINI. *Illustré par Étienne Delesser* (« Folio cadet », n° 202)

THOMAS ET L'INFINI. « La Bibliothèque Gallimard », n° 103. Accompagnement pédagogique par Isabelle Genier et Cécile Templier

LES VINGT ANS DU JEUNE HOMME VERT, *roman*, (« Folio », n° 1301)

DISCOURS DE RÉCEPTION DE MICHEL DÉON À L'ACADÉMIE FRANÇAISE ET RÉPONSE DE FELICIEN MARCEAU

UN DÉJEUNER DE SOLEIL, *roman* (« L'Imaginaire », n° 145 ; « Folio », n° 2857)

« JE VOUS ÉCRIS D'ITALIE... », *roman* (« Folio », n° 1720)

MA VIE N'EST PLUS UN ROMAN, *théâtre* (« Le Manteau d'Arlequin », nouvelle série)

LA MONTÉE DU SOIR, *roman* (« Folio », n° 2038)

JE NE VEUX JAMAIS L'OUBLIER. Édition revue et corrigée avec une préface de l'auteur (« Folio », n° 2157)

DISCOURS DE RÉCEPTION DE JACQUES LAURENT À

L'ACADÉMIE FRANÇAISE ET RÉPONSE DE MICHEL DÉON

UN SOUVENIR, *roman* (« Folio », n° 2373)

LES TROMPEUSES ESPÉRANCES, *roman.* Nouvelle édition avec une postface de l'auteur (« Folio », n° 2489)

LOUIS XIV, PAR LUI-MÊME. Morceaux choisi du roi avec introduction et commentaire de l'auteur (« Folio, n° 2305). Première édition

LE PRIX DE L'AMOUR, *nouvelles* (repris dans « Folio », n° 5219)

ARIANE OU L'OUBLI, *théâtre* (« Le Manteau d'Arlequin », nouvelle série)

PARLONS-EN..., avec Alice Déon, conversation

PAGES GRECQUES, *récits* (« Folio », n° 3080)

LA COUR DES GRANDS, *roman* (« Folio », n° 3106)

PAGES FRANÇAISES : MES ARCHES DE NOÉ – BAGAGES POUR VANCOUVER – POST-SCRIPTUM, *récits*

L'ENFANT ET LA SORCIÈRE. *Illustré par des photographies de Nutan* (« Folio Junior », n° 841)

TAISEZ-VOUS... J'ENTENDS VENIR UN ANGE, *sotie* (« Folio », n° 3916)

UNE AFFICHE BLEUE ET BLANCHE ET AUTRES NOUVELLES, *nouvelles* (« Folio 2 € », n° 3574)

LA CHAMBRE DE TON PÈRE, *récit* (« Folio », n° 4247)

CAVALIER, PASSE TON CHEMIN !, *récit* (« Folio », n° 4493)

LETTRES DE CHÂTEAU, (« Folio », n° 5218)

NOUVELLES COMPLÈTES, *nouvelles issues de* LE PRIX DE L'AMOUR *et* UN PARFUM DE JASMIN, (« Folio », n° 5219).

Aux Éditions de la Table Ronde

LA CORRIDA, *roman* (repris dans « Folio », n° 1350)

LES GENS DE LA NUIT, *roman* (« Petite Vermillon » ; repris dans « Folio », n° 557)

LE RENDEZ-VOUS DE PATMOS (repris dans « Folio », n° 969)

MEGALONOSE, *pamphlet* (« Petite Vermillon »)

TOUT L'AMOUR DU MONDE, *récits* (« Vermillon » ; repris dans « Folio », n° 1016)

MES ARCHES DE NOÉ, *récits* (repris dans « Folio », n° 1211)

LA CAROTTE ET LE BÂTON, *roman* (« Vermillon » ; repris dans « Folio », n° 1471)

BAGAGES POUR VANCOUVER, *récits* (repris dans « Folio », n° 1886)

JE ME SUIS BEAUCOUP PROMENÉ..., *miscellanées* (« Vermillon »)

UNE LONGUE AMITIÉ, *lettres*

Aux Éditions Laffont

LE FLÂNEUR DE LONDRES, *choses vues*

Aux Éditions Albin Michel

MADAME ROSE, *roman* (repris dans « Folio », n° 3323)

Aux Éditions Fata Morgana

JEU DE MIROIRS, *illustrations de Jean Cortot*

Aux Éditions Fasquelle

LETTRE À UN JEUNE RASTIGNAC, *pamphlet*

FLEUR DE COLCHIQUE, *avec des eaux-fortes de Jean-Paul Vroom*

À la librairie Nicaise

HISTOIRE DE MINNIE, *eaux-fortes de Baltazar*

BALINBADOUR, *eaux-fortes de Baltazar*

LE BARBARE AU PARADIS, *eaux-fortes de Baltazar*

Aux Éditions Cristiani

OUEST-EST, *illustré par Jean Cortot*

Aux Éditions Matarasso

TURBULENCES, *eaux-fortes de Baltazar*

UNIVERS LABYRINTHIQUE, *gravures de B. Dorny*

HU-TU-FU, *eaux-fortes de Baltazar*

Aux Éditions La Palatine

UNE JEUNE PARQUE, *eaux-fortes de Mathieux-Marie*

Chez Alain Piroir

SONGES, *eaux-fortes de Baltazar*

Chez André Biren

LETTRE OUVERTE A ZEUS, *gravures de Fassianos*

LES CHOSES, *gravures de Maud Gruder*

G., *gravures de George Ball*

AVANT-JOUR, *gravures d'Olivier Debré*

À l'Imprimerie nationale

DERNIÈRES NOUVELLES DE SOCRATE, *gravures de Jean Cortot*

Aux Presses Typograhiques

DE NAZARÉ..., *bois gravés de Georges Ball*

Aux Éditions Fayard

DISCOURS DE RÉCEPTION À L'ACADÉMIE FRANÇAISE D'HÉLÈNE CARRÈRE D'ENCAUSSE ET RÉPONSE DE MICHEL DÉON

Aux Éditions finitude

À LA LÉGÈRE, (« Folio », n° 5861)

Composition : Nord Compo
Impression Novoprint
à Barcelone, le 03 novembre 2014
Dépôt légal : novembre 2014

ISBN 978-2-07-045814-1./Imprimé en Espagne

264205